山岸哲夫詩集

Yamagishi Tetsuo

JN189874

新・日本現代詩文庫
147

土曜美術社出版販売

新・日本現代詩文庫　147　山岸哲夫詩集　目次

詩篇

詩集『こんどらいと』（一九九七年）抄

詩集『能登の岬に』（一九九九年）全篇

詩集『未来《みく》の居る光景』（二〇一七年）抄

未刊詩篇

詩篇

詩集『あんたれす』(一九九二年)抄

I

キク科の花

その花を植えたのは五月
人里離れた山巓の宅地
明かるい雛壇の一角だ
マリーゴールド　キク科
メアリー・スチュアートの花
小ぢんまりした
黄金の輝き
きみの存在そのもののような
秘められた一隅での
思いがけない閃き
それを平気で手折りつつ
自分の家の仏壇に飾ろうとした
老婆も居たっけ
これは野生ではないのです
私が近所の農家から移植したもの
そう言いたかったが
言わないで苦笑してやり過ごした

ミセス　ジョンレイン

ミセス　ジョンレイン
この香ぐわしく優美な花の名は
間違ってもジョン・レノンの伴侶の名ではない
ビートはよく効いているが
ザ・ビートルズとは違うのだ　むろん

彼らの一曲に匹敵するかも知れないけれども
ミセス　ジョンレイン
バラ科の女

れいちゃん

れいちゃん
れいちゃん
お下げの三編みが
何時もコケッテッシュな女子高生です
眼のくるっとした卵形の顔の小肥りの女
僕の気も知らないで
柔道部の恩師の気持も知ってか知らずか
バスの車掌に惚れちまった　れいちゃん
同じ村の近所の本人から直接聞かされて驚愕した夜
〈クラスに西山れい子って娘居るやろ？
通学の度に会い夜遅く終点まで弁当を届けてくれるんやぜ　それも毎晩〉
ああ　憧れのれいちゃんの片想い
片思いしているぼくが彼から聞かされるこの片想い
人の世はままならぬと知った年齢

黒崎

リアス式海岸
なだらかな坊主の山波を背にして
日本海へゆったり脚を投げ出している
何も起こらない街
海だけが時に荒らくれ夏に女のような媚を売る
能登半島

大陸へしどけなく美しい四肢を伸ばす　ふかみど
り
どこまでも円く見える海面
海抜二百五十メートルの猿山岬を望む
黒崎の松林
子供の頃その崖下の岩屋で泳いだ
卒業した年
キャンプ場で同級生の女の子と出会った
カレーライスを作りあった大学生のぼくらの夏休
み　その後
名古屋に就職した彼女と噂のあった男との結婚の
風の便り
さびしがり屋の少女さながらに　暫く
手紙を交わしあった
あの頃

黒猫クロ

喉もとに白く一ツ星
名前もクロの黒猫
十余年生きたっけ
煤《すす》けあがった太梁《ふとばり》が支える　故郷の実家
若かりしときは天井の足音は逃さずキャッチ
両耳をピーンと立てて　闇に向かって眼はランラ
ンと光った
心臓の悪かった祖父が死んだ頃
クロも老いて囲炉裏の灰によくずり落ちて叱られ
たっけ
〈なあ　クロよ〉
私はクロを愛していた
彼の若い日の勇姿を知っていた
巨きな庭の樫の梢をいきなり上り下りして隣家の

甍をまたいだ
ガリガリと狂ったように爪立てて走った
あれは発情期だったのか？
母方の祖父母亡きあと　多くの顔なじみが村から
　消えて去った
彼らとともにクロのことがなぜか忘れられない

愛

吊るされた君の裸体に
叫ぶ日とてない夜明け
ささげてみないか　きみ自身を
言ってみないか　ぼくを吊るすと

Ⅱ

夜の雲

Ⅰ

夜の雲が走る
夜の雲が浮かんでいる
夜の雲は原始へ地球をかえす
夜の雲が垣間見る
夜の雲の切れ間に瞬く星雲
夜の雲の上に光る惑星たち
夜の雲がぽっかり浮かんでいる
夜の雲は美しい
夜の雲は昼のそれよりかげって見える
夜の雲は白く見えてもどこか暗い

夜の雲が透明な闇を指し示す
夜の雲は悠久な世界をかえす
夜の雲がもたらすものは空しさだろう
夜の雲が消えるとき地球も消えるとき
夜の雲が走る　夜の雲が漂う
ぼくがそれに乗って飛び廻れたら

Ⅱ

夜の雲を見上げて大統領は湾岸戦争を辞めるだろうか
森も河もオゾン層も破壊されて
夜の雲が大気圏だなどと誰が唱えるだろう
人類は大きく儲けるために根こそぎ漁をした
人類は資本経済を謳歌して消滅しない物質さえ発明した
太陽に似たエネルギーを合成した
――怯えつづけるために
人々は多く考えたくないし突きつめるのは苦手だ
（ぼくもそうだ）
人々は明日よりも今日を生きる（ぼくもそうだ）
人々は日本国の日本国民でずっとある限り
この湿潤な風土と人情と義理とを愛するだろう
夜の雲を眺めてもなにも変わりはしない
夜の雲はむしろ人々に営みや生命の儚さを教えるのか

夜の雲が地球から不意にたち消える日まで

読書レッスン

Ⅰ

（読むことがこたえること）
花の図案を施したあなたの新刊が書店を飾る
白い頁を真っ先に開く

つっぱっているあなたの本
パラパラめくるパラフレーズ
白い裸像の背に横たわっている屍骸《しかばね》の山
累々とぼくたち（〝読者〟の意味かな）

（読むことがこたえること）
それは愛の小説《ロマン》であるかないかなんて
なんでもない関係の美学であるか
垣間見るあなたの自画像とび散ってゆく鏡
読者への媚態であるか（〝売れる〟ことの意味）

（読むことがこたえること）
私は読む　読みたい　読んであげる
読ませてくれたあなた自身を　あなたを
あなたの新刊書
あなたから届いたあなたの本
（〝彼方《あなた》〟から届いた〝彼方《あなた》〟の本の意味かな）

あなたは何ものであるか？

Ⅱ

（読むことがこたえること）
電話（スル）
家　（ヲ訪ネル）
海　（二行ク　二人デ）
会話（スル）
映画（ヲ観ル　二人デ）
シンフォニー（ヲ聴ク）
Ｏｈ！　夜毎の恋人たち
（サッパリダヨ札幌の街は）
様々な小説の花咲く賑やかな祝祭の嵐）
組み合わされたそれらの言葉壊されてゆくこれらの言葉
（私はあなたの上にドンブリで大雨を降らせたい！　いまでも）

一九九二年九月エンデバー

鼠色と紫を混ぜて暮れ　ゆく
駅前の団地と原っぱ
片蔭に逆光して
秋の日は沈んで去った
いま
毛利氏を乗せたスペースシャトルは地球を廻って
　いる
はず
休みなく軌道に沿って
明日千五百度Cを越える火の玉となって帰還する
　予定
そこで　彼は見ただろうか　美しい一ツの星を
「地球は青かった」と言ったガガーリンはソ連人
その国の名はもう無い

秋風が肌に感じはじめた郊外の黄昏どき
私たちは今日小学校の運動会を見てその後団地の
芝草を刈った
喫煙とコーヒーのひと時を求めてマクドナルド店
　に入る
窓側の席を占めて
ブラインドに打ち寄せる大気の波に浸されてゆく

久女の生涯（芸術と人世について）

生涯に一冊の句集すら編めなかった
久女

閃くものの不如意と驕りのなかで
後世　天才の名を欲しいままにするための礫《はりつけ》
彼女は誰よりも敬愛しつづけた師によって「破門」

された
独自の道を選ばなかったための落とし穴
作品の孤高の輝きとうらはらな境涯

俗世に自滅させられたノラだったのか
久女は？

戦争が殺したのか
時代が殺したのか？
それとも師によって狂わされたのか？
相反するものの鉄格子の病棟の中で
降り積もる雪がすべてを呑み込んだのか

〈谺して山ほとゝぎすほしいまゝ〉（杉田久女）

トム・ウェイツに

（「Big Time」 the movie 1988）

台風のあとも
並木の一本道には
夜の雲が低く飛んでいった
トム・ウェイツをはじめて聞いた　九月
場末の酒場から
自由の海へ　旅立つ
紛れもない音と声を観たと言おう
スクリーンを背にして誇らしくも哀しくもなく
舞う
華やかさとはほど遠く　小さなカウンターの前で
リズムをとり　ほろ酔いの

カントリー調の　ロックの　Soulの　唄を
低く低く呟くように　夜の大気のなかで
うめいている　波の間に間に
かすれ声で　それでいて　不思議な
明かるい　野の蝶の翅
海面に　あえかな　光を放って
飛ぶ

白い街で
（アラン・タネール監督　一九八三年作品）

くるくる廻る映画（8ミリだから）
何もすることが無いくたびれた中年の役
男はリスボンで下船した
二度と出発しなかった
白い街で　埠頭の波の
船が遠ざかってゆく
なじんだ女も去った
男は何もしない（今日も　明日も）
今日も　明日も男は何もしない

戀戀風塵
（侯孝賢《ホウ・シャオシェン》監督　一九八七年作品）

私は手紙を書いた
千通も
ある日彼女からの返事が来なくなった
彼女は若い知的な郵便配達夫に嫁いだためだった
兵役に徴用されている間の出来事
（風の便り）
でも　理由はそれだけではなかった

終わったのだ何かが
それぞれの二人が　通学の途中で一緒になるよう
　な
けれども
失ったものは決して小さくはない

正体不明

何時も裏切られてきた
ソイツの正体を突き止めたかった
その度に危険な目に会った
身構え方や被害妄想からの自己脱出の方法
よく考えたけれども
何時でも巧妙な罠に引っかけられてきた
狡猾にもソイツの力は私をはるかに上まわってい
　たものだから

私は認めることが出来ない
正体もよくわからない
精一杯　抗い　戦って来た
自分のやり方でしか戦えなかった

Ⅲ

すべてがもう一度

はじめて会って話をして
なに気なく辞した日の
記憶

一枚のハガキを出した日から
この夏がなぜか気の重いものになってしまった

こんなはずではなかった
なんでもないと思いたかった
夏が来なければよかった
会わなければよかったとは言えない
忘れること
何でもない風にまた会って
なに事もなかったように話す

秋が来て
また新しい話題に生きかえったように
集う日の
風が吹いて　すべてがもう一度はじまればいい

アンドロメダ

Ⅰ

もうあなたの作品を読んでも
なぜか興奮しなくなっている?
別な宇宙に思えて
自分とは関係ない世界の出来事
静かにそう思える時が訪れたのだろうか?
一節読むだけで烈しく反応した日は
もう帰っては来ないと
もうおしまいになったと
今日ぼくはあなたに言えるだろうか?
知らない

Ⅱ

昨夕　地下鉄のＫＩＯＳＫの前に佇った女性は
驚くほどあなたに似ていた
横顔の輪郭をしげしげ見つめてしまい変に思われ
　たようだ
〈○○さんではないでしょうか?〉

思わずそんな声を掛けそうになった自分を抑えた
至福の一瞬と幻への儚い思い
詮ない気分に打ちのめされて
殆どぼくは息も絶え入らんばかりだった

Ⅳ

波

忘却の
月の海へ
凍てつく夜の
灯台に
たどり着く
波

世の中

〈世の中きれい事じゃ済まされないよ〉
　　　酔った勢いできいた風なことを言うな
友よ
それにしても〈世の中汚いことが多過ぎない？〉

みはなされて

ぼくがきみたちに会った夜
自分が独りぼっちで死ぬのがわかった
ぼくには親類も友も同僚もない
そのことがよくわかったよ

化粧

化粧する女
厚化粧する女
薄化粧する女
化粧しなければいけない
化粧して
化粧すれば
化粧する女
〈私は化粧する〉
〈私は美人？〉

嫉妬

その女は私のことなど一言も触れずに
〈若い編集者と話した　今日も〉
何時もこうである
〈勝手にしやァーがれ！〉

遠い人

その人は遠い人だった
往っても会ってもらえないほどに

モデル

ひどいことを書かれた
そのモデルが自分みたいで
何んなに醜悪に書かれても
〈何も無いよりましだ〉

それ自体を悦ぶ
もう一人の自分がいる
どうにもならない私が

かわたれの

かわたれの
かたわれの
かたこひ
みちるひとてない
こひびとの
こくはく

かたわれの
かわたれの
かたこひ

あうこともない
あえるはずもない
かたこひびとの
くるしさ

怒り

〈生者の声〉
〈日々真面目に働いた　誰よりも
そうしたある日に　病を得た
誰からも見離された私はこの世から
今日去なくなるのだ〉
〈死者の声〉
〈普賢岳は今日も怒っている〉

＊　普賢岳は二百年振りに活火山となり、大きな災害とな

っている。（一九九二年現在）

うみ

うみ
うみ
うみ
わたしのうみ
きみのうみ
わたしときみのうみ
ふかいうみ　恐いうみ
なにもないうみ

会おうか

今度会おう
また会おう
きっと会おう
多分会おう
今日会おう
きみと会おう
自分と会おう

もう忘れてしまった

もう忘れてしまった
彼女のことなど　思い出したくもない
自分のこと

もう　いやだ　ああいやだ　思い出せないもはや
二人がそんな仲だったなんていったいどうしてな
んて

本を探す少女

少女がひとり佇っていた
本を探して　急ぐでもなく
書棚と書棚の間が深く切り込まれている通路の谷
に
こちらからは見えないが
きっと美しい表情をしているのだ

詩集『賑やかな植木』（一九九六年）抄

ナホトカの海

紺の海に足を浸けた屍体の
ナホトカは日本海につながる町
小高い丘の墓地に佇って
荒涼とした死を死んでいった
望郷の歌を聞いてみたまえ
日本兵の届かなかった声と声
声無き声
祖国への狂い死にそうな日向また夜の千の日々を
一九四五年
シベリアの奥深くマイナス三〇度Cの
セーヤー収容所に収容された画家と二六〇人の
日本兵

コーリャン粥と野鼠を喰って蛋白質を摂取したとか
白い悪魔のような凍土に飢えた（二六〇人中二五人は死んだ）
白樺の木を切って薪を作る強制労働が待っていた
（酷寒の地に）
香月泰男はその切り株を描いた（朝露に煌めく）
何も知らされなかった一年半
帰還後　彼の人生を支配し続けたものは
炭のように黒い板に創として引っ掻いた日本兵の
貌　貌貌貌貌貌（死に神の）
（シーア）↓（チェルノゴルスク）↓（ナホトカ）
七万人は死んだと言われる
（ナホトカの墓標は五〇〇人）
戦後五〇年の　今も
シベリア抑留とは日本人にとって一体何であったのか？

＊　立花隆「シベリア鎮魂」（ＮＨＫ放映）より。

戀戀風塵あるいは
いまアジアは燃えているか

その歌をどこかで聞いた
きみの声をどこかで拾った
海で山で十份《スーフェン》の駅で

そんな少女をどこかで見た
少女はきみを兄のように慕い
きみは少女を妹のようにさえ思った

台北に出ると
二人はもう立派な青年たちの仲間入り

〈兵役〉の知らせが届いたとき
貧しく慎ましやかだった二人の生活も
擦れ違いがちに

次第に彼女も同郷の友らも遠ざかっていく
兵舎での彼女からの手紙も滞りがちに
やがて　途絶えた
（それから）
彼女がインテリの郵便配達夫と結婚したという
風の便りを聞いた

〈兵役〉を了えて帰郷した日
爆竹を鳴らして駅まで見送ってくれた祖父
佇っていると
裏の山々は
今日も
あの日のように蒼々と迫ってきた

＊　映画「戀戀風塵」（一九八七年・侯孝賢監督）。

アポカリプス・ナウ

〈闇の奥〉
コンゴー河ならぬメコン河を奥深く
殺戮と狂気の原始本能に訴える
おぞましい従順が暴力にまで高められていく軍隊
　の
アメリカ式近代兵器の勝利なのか
ヘリコプターやB‐52の台風　ナパーム弾の炸裂
腕が捥がれて森を焼かれて家を失っても
蟻のように地面から這い出したベトコンの脅威に
　は
カンボジアもラオスも国境の村々といい町々とい

い
ベトナム戦に捲き込まれてしまったのか
何故なら
それが戦争だからだ

密林深く
クルツならぬカーツ大佐は原住民の王になった
マインドコントロールする伝説の神が河を下った
と
コンラッドの主人公は〈象牙商人〉だったが
カーツ大佐は〈歴戦の英雄〉であったはず
星屑のように生首を並べていた
〈コンゴー河上流開発会社〉ならぬ非の打ち所な
い
アメリカ軍人カーツ大佐の行くところは
(コッポラ監督は何を血迷ったのか)

(柄にもなく主人公にここで詩の朗読をさせたり
　するのは? 　コンラッドのせいではない)
(ゴダールのようにはいかないものか)
聖戦と植民地支配の原理を
どこかで折り合わせよう
人類狂気の〈闇の奥〉を遡り関わることへの

アメリカの敗北といえるのか?
ベトナムの勝利といえるのか?
コンラッドはお伽話を書いたのではなかったか?
(百年前に)
コッポラ監督も
映し出させるものがあるはず
憎しみを呼ぶような!

＊　映画「地獄の黙示録」(一九七九年・フランシス・フォード・コッポラ監督)。

ついにわからないままに

池袋

池袋駅地下街
そこからよく　きみに電話する
黄昏が助けてくれる
話すこともなく
だんだんきみが遠ざかっていく
便りも届かなくなる
ぼくがグループを離れていく
（ほんとうは好きだから遠くなるのかな？）
魚眼レンズ
望遠レンズ
広角レンズ
標準レンズ
（やがて飽きられ捨てられる？）
ぼくはきみのどんな被写体か

九十九里浜

〈千鳥が多く来て〉と言うきみに
〈掘ったら小判がザクザク〉なんて
ぼくは不粋なことを言って
きみはスッと向こうへ行ってしまい
先程は渚に出る一本道を松林を抜けて歩いてきた
指と指が鈴のように触れ合った
真っ白な九十九里浜の波頭に
天日の暖かさが身に沁みた
N氏が有名歌人のテープを部屋で流した
祝詞調　経文調　詩吟調に民謡調まであった
おおかた奇異な感じを抱いて苦笑し合う
ぼくは日本語の貧しさを思った

F氏の話では茂吉は朗詠を嫌っていたそうだが
朴訥なその声はどこか澄んでいた
きみがどこかで独り笑った
ぼくはそれに振り向いた

母屋と庭木

前庭には毎年鬼百合が咲いている
細く二枝に分かれてたわわに実る棗《なつめ》の木もある
裏山の朴の木も切られてしまった
早乙女が苗を植える光景や牛の鼻を取る少年も
居なくなった
朴葉にくるんだ芳しい香りの朴葉飯を昼飯として
持っていくことも　もうない
二、三年前の台風の雨で崩れた裏山の斜面の
国指定の防災工事も終わった

そこに在った父祖の骨はK伯父が西ナ口の畑に移
　して新しい墓地とした
隣との境界に祖父たちが植えた庭木は何時かしら
　子供らの学資に化けてしまった
そのことで隣家から苦情を受けていたと聞く
育ち過ぎた梨も雌の銀杏も切られている
ぼくも亡きK伯父の世話になっているので文句も
　言えまい
母屋は残っているものの警察官の義弟が
我が物顔に鍵を掛けてしまっていた
ぼくの帰る家も奪われている具合である

きみの声が聞こえる

きみの声が聞こえる
どんな声

きみのささやきがする
どんなささやき
きみの唇
どんな色
きみの長い足
くびれている
きみの二の腕
瞳
きみに触れている
やさしさ
きみの仕種
きみの電話
きみの声
どこから電話
そんな二人
どんな声
どんな電話

そんな声
どんな電話
そんな声
そんな電話
変な声
変な電話よ
変な人

そうかしら

賑やかな植木

1

梅　桜　杏子《あんず》はみな枯死した
柿は病にかかったのか二回の消毒も空しく
三年目に枯れた

茱萸はぐんぐん
金木犀は鳴かず飛ばずで
久留米躑躅とマリーゴールドが風になびいている
我知らず何時も華麗なおすべらかし
（好きで植えた）マロニエや山もみじはお喋りだ
誰が岩や石と似合うかなどと榊と自慢しあってい
る
登ってくる坂道の農家の石垣から根分けして貰っ
た
松葉菊
それらを従えて木斛は真に女王だ
春に緑を秋には紅葉　夏は白い花さえ咲かせる
実もなる
造成した不動産屋唯一のプレゼントだ

2

いまは亡き伯父とバケツや小鍬を携えて登った
穴を掘ったのも懐かしい
〈粗朶ばっかりの山だ〉と軽蔑するように
伯父は言った
木材はいま金にならない
ましてや雑木ばかりの武蔵野の山は
話にもならなかったろう
北陸のアテや杉を知る者なら無理もない
あれから五年　その伯父は居ない
茱萸はぐんぐん
新たに沙羅の木や棗《なつめ》も加わった
女王とともに
山の傾斜地の宅地のこれらは今年も生きているか
そろそろ夏草を刈りに行かねば
店が建ち新開の道が拓かれる
近くに鉄道の駅が出来る未来は何時の日か

ハワーズ・エンド

1

夏草繁るハワーズ・エンド邸
悦びと苦しみの人世を誰よりも賢く選び取る姉妹
　に
与えられるという詩の一節で始まる
マーガレットとヘレンの物語

2

ドイツ人とイギリス人の血が混ざった知的な姉妹
　の
住んでいるロンドン市
お喋りで家の扉は誰にでも開けてある姉妹の所へ
〈とにかく毎日の灰色の中に色があることになる〉
富裕な実業家で平気で人を欺くことも出来る男が
　訪れる　ウイルコック氏
姉はどんな風にして結びついていったのだろうか
　と思う
妹は無産階級の若い男と知り合った
雨の日の音楽会
身分の違い
加えてその男はかつて娼婦だった年増の女と愛の
　生活をおくっている

3

とある日
ウイルコック家が偶然向かい隣に引っ越してきた
ロンドン市の家柄でつきあう社交界で
ウイルコック夫人は次第に姉妹の人柄に魅かれて
　いく
〈ハワーズ・エンド邸を是非見にいらっしゃいな〉
と言いつつ　夫人は病を得て死んでしまった

ハワーズ・エンド邸は空き家のままである
自然の木々や野の花々に囲まれて
今日も静かに

4

ウイルコック氏は夫人が残したメモを握り潰した
（相手に知らせずに）
前妻の息子のチャールズにハワーズ・エンド邸を
　譲りたい
マーガレットは後妻に納まる
〈いまにあの女にハワーズ・エンド邸を奪られて
　しまうわ〉
ウイルコック家の誰もがそんな不安に駆られてい
　った
死んだ母の病床でのメモを見たからである
さあ？

5

ところで　ここで問題？
現代のハワーズ・エンド邸は一体誰のものでしょ
　うか？
また　何処に在るのでしょうか？
因みに　マーガレットとヘレンの姉妹は今日のあ
　なたでありぼくではないでしょうか？

＊　E・M・フォスター原作。一九九二年、ジェームズ・アイヴォリー監督　映画「ハワーズ・エンド」より。

〈炎立つ〉旅

1

稲田に沿って
北上川が悠々と流れている
思いがけない広さだ

西行が歌った束稲山《たばしね》も見えてくる
天の明るさを一心に集めている田野
一関
中尊寺の境内を深く上ると
そこに金色堂があった
時おり時雨がきた
光堂がその度に洗われて蘇る

2

虹が立った
幾度も虹を見た
塩竈から
松島へ
十月二十六日の鷗を見た

3

また時雨がきた

川床の湯に入ってみる
勢いよく岩蔭に寄り流れに逆らって泳ぐのは
山女《やまめ》だろう
番《つが》いの二匹も居たっけ
日が射してきた
扇を拡げたように裏山が一斉に色づいた
移ろうときの
色彩の嵐
作並
その渓流に降りてみれば
混浴の岩場もある
二人で湯に浸かってみる

島原地方の子守唄

島原と言えば

西海バスのガイドが歌ってくれた子守唄しか知らない
〈おどみゃ　島原の〉

いまでは誰でも知っている
島原と言えば普賢岳の火砕流
普賢菩薩が白象に乗ってやってくる筈なのに
なかなか来ない

また
雲仙・霧島と言えば
この手で植えたキリシマツツジが名高いけれど
宅地の雛壇の石垣に沿って咲く
炎天に緋色に燃える

ところで
天草と言えばやはり
天草四郎時貞か
西の海も
空も
寛永十四年は血の色に染まったと言う

島原と言えば
〈おどみゃ　島原の〉
西海バスのガイドが歌ってくれた子守唄しか
知らない

中国地方　消息不明

どっしりとした母屋があって福山の夏はしんと暑かった
二十年以上も前に　きみと鞆ノ浦や仙酔島に渡った

七月の瀬戸内は軀も心も死んだようにダルかった
〈この海は暑さで死んでいるね〉
と　ぼくが言ったらきみは本気で怒っていた

それ以前にも修学旅行で広島を通ったことがある
そのときは原爆ドームなどには一切寄らず
比治山公園に上がっただけだった
その後　一人旅で尾道へ寄ったこともある
向かいの島の造船所がきらきら光っていた
喧しく槌音が内海の朝を打ち続けていた
公園の石垣の隙間から蜥蜴がちょろりと挨拶に出
た

それから
井伏鱒二が「黒い雨」を書いた
野坂昭如が「火垂るの墓」を書いた
いずれも映画やアニメになって世間の評判を呼ん
だ
アメリカ軍が広島に原爆を投下した一日を主題と
している
井伏は福山の出身だが
その頃は近くに詩人で交流のあった薬屋の木下夕
爾も居た

余談はさておき
きみは卒業すると一年だけ出版社に勤めて都落ち
した
なんでも郷里では英語塾を開いたとかで　ぼくを
誘う手紙がしきりだった
トーマス・マンの「魔の山」を語るときのきみの
熱っぽい口調に魅かれるぼくだったが
手伝えなかった
そのかわり福山を訪れてみる気になった
ほどなく結婚の知らせ　転居通知　きみの姓も変
わった

それからはサッパリである
杏としてきみの消息は不明である

いとこ同士の大阪

いとこ同士で三人で
大阪の街を歩いた
お好み焼きを食べたあとで
なんばで水掛け地蔵に願を掛けた
梅田では年末ジャンボを買った
大丸デパートの屋上のホテルに上がって
市街を一望した
太閤の城も　淀川が口を開けていく大阪湾も
そこからはよく見えた
曇っていたけれど親切そうなおっさんが
案内を買って出る

三人でビビンパやボアボアやパフェのお化けを食
　べあった
天井の異国風なプロペラ扇が南風を送った
夫が逃げて母子家庭の従妹と妻とぼくの三人は
そこまでたどり着いて初めて何か満ち足りた
（ひょっとして　そこはかつての別れた従妹の夫
　とのデートの場所ではなかったか）
妻とぼくに腕を軽く絡めてきた彼女にふっとそれ
　を感じた

京の壁飾り

大文字焼きの縫い取りのある丸い壁飾り
それを四条大橋から眺めている舞妓はんのお決ま
　りのポーズと
彼方には比叡の山々や金閣寺

そこに亡き母の青春もあったであろうか
母方の祖父母の実家の奥座敷ふかく
床の間の脇の小障子に掛けてあった
実妹である叔母への京の手土産として
ぼくが小学校に上がる頃まで確かにそこに在った筈
母を美人だと信じたのはどうもその壁飾りのせいだ
西陣辺りで下働きに出た生娘として
それが妹たちの憧れや青春の一頁ともなったろうか
敗戦前の能登半島の一角とみやこを結ぶ唯一の紐
華やかなＶｉｅの火を二人の叔母らに灯して去った母
幼くして逝ったぼくの母の数えるほどもない思い出

兵庫県南部地震Ｍ７・３

何度かけてみてもベルの音のみして
混み合っているとのこと
情況は朝が明けるとともに正確になってきて
それでも不謹慎なほどにテレビのコマーシャルは
流され続けている
どうなったからといって何も出来るわけではなく
〈みんな無事　家の中はメチャクチャだけど〉と
妻方の叔父が言い
何故か叔母は出なかった
それをまた
それどころではないのかと心配してみたりして
神戸　三宮　宝塚　淡路島の被害が格別とか
旧友のＡは確か新居を宝塚に移したばかりとの
賀状が届いていた

大阪湾に近い美容師の父方の従妹も気になるが
夫がついているだろう
出来たばかりの関西国際空港がビクともしなかっ
　たのは立派
M７・３（震度６）の都市直下型地震が
神戸市三宮を中心に襲った
一月一七日未明
火災が次々に上がり業火と化しても消火用の水道
　が切れていた
道路も街も破壊されて救援隊は遅れに遅れた
やがて
「烈震」から「激震」に訂正されるのは
ずっと後のことだった

薔薇のゆくえ

何かを期待したとき
（心が移って欲望がつのって
嫉妬心を燃やしたときから）
あとかたもなく何かが壊れていく
平明な心で
ただの愛読者となって
あなたを敬愛しひたすら読者であろうとするとき
その一線が見えているあいだ
二人はとても良い関係

そして
あなたはぼくの永遠のマドンナ
素晴らしいこの世の唯一の作家

自分の生涯にそんな人が一人欲しかった
絶対の王権を振るう人を
H・ジェイムズの小説に登場してくるミリーのよ
　うな処女
(真の女王か?)
人はそれだけで詩人になれる
それだけで幸福な生涯と呼ばれるだろう
(このような猥雑な現代に)
聡明さにおいて美貌において育ちや才能において
あなたこそそれにふさわしい人だ

あなたはぼくに愛の拒絶を教えた
乗り越えるべき世界を示した
突き進むべき方向に光を与えた
ぼくはこれからもすすんで
拒まれて燃える燠火となろう
叩かれて弾ける火の粉となって
激しく自らを奮い立たせるのだ
かの円卓の騎士のように
永遠にあなたの前にぬかずく者となろう

詩集『こんどらいと』（一九九七年）抄

廃屋

生まれ故郷はあるのだけれども
祖父母を喪ってから在っても無きがごとくになった
みなし児！
戦後はそのようにしてぼくに始まった

白衣を着て軍帽を冠り同僚たちと愉しそうに
笑い興じている父
陸軍病院
また、満鉄や
ロールスロイスに立つ真っ白なワンピースの女
（セピア色の写真）

そこから
母の実家に見舞いに訪れた村のおばあさんたちや
祖母の日々の話友達の声
臨終の時の母の声
稚児装束も凜々しく頬べに点けた一つ年上の姉
六歳で死んだ
何時も取り出して眺めていた祖母

生まれ故郷は在るのだけれども
僅かな田畑も家も今は人任せ
山も田畑も新道だやれ防災堤だと大分削られ
裏山の慎ましい墓地すら崩落の憂き目に遭い
伯父の手で余所へ移された

その伯父ももう居ない
加えて

危ないからと立派な梁を残す蔵も取り壊され
壁は頽れ中はとっくに荒され放題のまま
父祖の植えた庭木すら隣家の苦情や学資に化けて
　今は丸裸
生まれ故郷は在るのだけれども
なんだか帰る気がしない

快と不快と

帰りがけ書店の前でサイン会をしていた
今年芥川賞をもらった保坂和志氏だ
一冊買うと猫の絵のイラストまで書いてくれた
「この人の閾」はなかなか面白い
あれから一ヵ月も放り出しておいた
詩歌にも飽きた頃読み出した
出勤途上の道すがら読んでも新鮮だった
そんな小説でもある

ところで今日は日曜日、十時からは団地の芝刈り
それが始まる前にマクドナルド店に入って
昨日送った詩集の下書を見ている
多過ぎると言うので数編削ってスマートにした
室生犀星の「我が愛する詩人の伝記」を読み返す
その中の千家元麿の家に母校出身の作家が出入り
　していた
「どんなご縁で」などの傑作を最晩年にものした
　耕治人だ
また産経新聞に書いている郷土の作家杉森久英氏
　の筆による
「宗教団体取り締まりの要」を一読して胸のつか
　えがスーと降りた
日本人になじまぬ〝選民〟思想が気に入らぬ
ユダヤ人虐殺も植民地支配の歴史もここらあたりに

源を発してはいまいか

菊坂町

ゆらゆらと陽炎が動いた
河底にあたった午後の日がはね返って
コンクリートの壁にそれを映してｆのように
何本も揺らいでゆく
それらは防護柵の影であろうか
急に坂を上り下りして伝通院を過ぎると真砂町下
へ

友人と二人で本郷三丁目でバスを降りてみる
菊坂町はその裏手にあった
ひっそりとしていた
忘れ去られた成瀬巳喜男や
一葉が金を借りに通った質屋の土蔵のように
そこだけ時間が停止している
古い築地塀に射す逆光石段を上らせて仰ぐ
みだれ雲

手押しポンプの井戸も明治時代の位置のままか
閑かなたたずまいと坂道
東大の森さえ百年前にかえったように黒々と
大都会の喧騒から免れたように見える
このあたりを今し方
ふーと
一葉と映画の中北さんが側を通り過ぎた

こんどらいと

その日の午後四時過ぎ

すなわち一九九六年一月七日の日曜日
いきなり〈ドシーン〉と階上で地響きがした
その後も〈バシバシ〉という音も聞いたと思う
オヤジ何やってんだ上でと舌打ちするようにして
私は映画のビデオをまた見続けていた
上は七十ちかい老夫婦で何か運び入れて落っことしたのかしらとも思った
翌日職場で釣りや山が大好きな男が隕石の話をしていた
どうも昨日の事らしい
まるで冷蔵庫を落っことしたみたいだったと言うと
その譬えがオカシイと別な同僚の一人がわらう
そう言えば宇宙には昼も夜もない
でも、やはり真っ昼間というところがおかしい
翌朝の各紙が一斉に報じていた
落下隕石は〈コンドライト〉と

ギターが鳴っている

ギターが鳴っている
ギターの巧いガードマンに譲ってもらった
Granada 産のギター
押入の中でひっそり歌っている
あの街の太陽と河を夢見て
何時からか爪弾かれなくなった私のギター
私のトレモロ
ラブミー牧場に出てギターを爪弾く小説家
深沢七郎も居なくなった
武骨だった彼のトレモロや「落葉の精」
ロメロ兄弟のラテンはとても素敵だ
「舞踏と祈り」や「マズルカ」
ギターが歌っている
フラメンコギターの名手カルロス・モントーヤと

何時か握手したっけ
その時の彼は世界一のアミーゴだった
ギターが鳴っている
彼も先年亡くなった

あくしゅ

つよく女人から
手を握り返されたのは
はじめてのことであった
その瞳の光はつよく
何時も〈アッ〉とぼくを驚かす
その女《ひと》!
歌をつくる人の
あくがれて求めた手であったから

神威の地

1

〈余市の浜のかがり火は〉と整がうたった所
〈蘭島から峠を越えたところ〉
高校生の根見子と彼がひっそり切り割りを越えて
　遭っていた
夏には紺の海にヨットを浮かべ
冬は冬でスキーでジャンプした

整が逝ってから二十七年
詩集『雪明りの路』を出してからでも四十年
御子息が『こいぶみ往来』を出してから
はや九年
そのあと『太平洋戦争日記』も出版された
追って上京した左川ちかと新妻貞子の確執や

川崎昇のこと
郷土のこの兄妹は友人で歌人と詩人である
それらは殆ど整の『若い詩人の肖像』他にも
書かれている

2

積丹《シャコタン》はアイヌ語で〈魚のいる場所〉
神威《カムイ》岬にほど近く
ニシン漁で沸いた江差もある
小樽市
（伊藤整が存命中は無性に訪れてみたかった）
そんな場所に事件は起こった
どんなに痛かっただろう
驚く間もなく圧潰された
五万トンの岩盤がずり落ちたトンネル
ブレーキを踏んで車が滑ったため助かった一人を
　除いて
バスに閉じ込められたまま生き埋めになった十九
　人と
乗用車の一人
学校の往き帰りや雪祭りに出た人が多かったと言
　う
海蝕崖の崩落
国道二二九号線「豊平トンネル」（延長千八十六
　メートル）
二月十日午前八時過ぎ

3

海から隆起した
景勝の地の鄙びた辺りも
先住民のアイヌも恐れた荒らぶる岬
（内地でわれわれはぬくぬくとしてT・V・報道
　を見ている
溜め息ともつかぬ風情で

その痛みもよくわからぬままに見ている
ありきたりな同情すら寄せて
ひたすら見る！
神威の方角を）

記念碑

やわらぎ橋
を
渡ると祠があった
矢印に
〈大谷藤子の生家〉と書かれた標識が立っている
小森川を
跨ぐと
鶯が鳴く
昔の家の跡は崩れ傾き
新棟の方には農機具と人の生活の匂いがして
今では
ありがた迷惑のように畑を一つ潰して立派な
記念碑が立っている
揺るぎない作家の文章を刻んでいる
近くにまた先祖代々の墓地もあったが
（そこに彼女の墓もあったのであろうか）

祠で一人午のおにぎりを食べる
それから
山の日盛りのなか中腹を降りて高い吊橋の下を
覗くようにしてかえった

三ヶ島葭子の日記

葭子は二十歳の頃はただに朗らかな娘だった

歌に生きつつもの足らぬままに詩や小説の習作を
盛んに書いた
葭子は社交性のある年下の倉方と結婚した
肺病みで生活は苦しく体力を消耗させるセックス
　を
極度に嫌いました
そんなこんなで結婚生活はうまく噛み合わず
生活が上向くと倉方は大阪で別に女を作りました
あろうことか葭子が自立出来ないとみるや
一つ家に二人の女を同居させました
（この辺りから死にいたる四年間の日記はありま
　せん）

葭子が死んでから
夫の倉方は後妻と六人の子を成しました（生前に
　一人生まれて自分の籍にさせられました）
倉方には歌人・三ヶ島葭子という名声への打算が
働いたのではないかと、親友で画家の中川一政
　が書いている（いわゆるやりてと）
ともかく〈私のようなものでも〉と日記に
綴りつつ耐えてきたのだ

葭子の四十一年
一粒だねのみなみの成長だけが愉しみであった
中途から夫のことはKとしか記さなくなります
やがて倉方は夫でも恋人でもなくなってゆく
葭子にとってただ短気で人前でもすぐ殴る
おこりっぽいだけの体ばかり欲しがる
いたわりのない雄にしか見えなくなります
時には八つ裂きにしてやりたいと思います
彼女の日記からは歌や習作以上に生きる者
　としての悲鳴が聞こえてきます

世話になる人の心におびえつつわれの心のみじめ
　なるかな　（三ヶ島葭子）

詩集『能登の岬に』（一九九九年）全篇

棒杭（歌枕日記）

うすれゆくきみの記憶も夏過ぎて「鳩の翼」やうに恋欲しも

確かな事は何一つ思い出せないのであった。彼女と私のそれらの出来事の周辺だけが、ボーと霞が掛かったように明るんでいる。自分はその時世界一幸福で、彼女の抑制の効いた声音と澄んだ瞳で凝っと私を見詰められてでもいるような気分が絶えずしていて、何か摑もうとするけれども、何一つつかめないままであった。本当に自分は彼女から愛されているのであろうか？　否、自分もまた彼女を愛しているのであろうか？　今日のすべてが、ただの幻影にすぎないのではなかろうか？　時間が醸し出す一時の蜃気楼にも似て何一つ手応えの無いのが不気味であった。

はかなくて浮き世の夢と諦めてきみを見ており明確に笑う

彼女がまた受賞した。彼女の作品の良さをわかる人間が他にも居るというのも不可思議な気分のするものであるが、この世に自分だけでは無いというのもうれしいものである。ある種の感受性の鋭い人達にだけよくわかる世界なのかも知れない。表現力の問題とも言えるのだろうか。お祝いのＴＥＬＥＰＨＯＮＥを入れたら一日おいて授賞式の招待状が届いていた。勤め先に近い角のスーパーとくっついた花屋の店頭で鉢植えを見つけた。それを贈ることにした。同じ花でも鉢物なら少しは長持ちしてくれようか。彼女の家のヴェランダを暫くは賑わしてもくれるだろう。実際に送られた物がどんなものかはこちらではわからない。チェーン店で彼女の家に一番近そうな店を郵便番号で選んでやった。同じ街でも北と南ぐらいの距離はあっただろう。気になって書店に行って花言葉を繰ってみたら〈こころの美しさ〉とか〈精神性〉としるされていた。ところが、さらに読みすすめてゆくと、花は風車に似ているとある。また、造花ぽいところから、乞食花と呼んでいる国もあると知ってガッカリした。けれども、薔薇とかはありふれ過ぎていて嫌だった。

「打って出るくらいでなくては」と、きみに弱気
を突かれてゐたり

ある同人誌をつくっていた。創刊号を出すための原稿集めがたいへんであった。才気のあるFからは、私が彼の名を出汁に使って自分を売り込むつもりではないのかとか、ろくすっぽ鮮明な旗印も無くて発行するのはけしからん、読者に対して失礼ではないかと大いに怪しまれた。第二号では彼の原稿を突き返した。この点では、彼女の方からも「やる以上は世間に打って出るくらいでなくては」と、諭されていた。

書いてたら青いインクが切れました　郁子さんの
青　私の白

横浜に住む郁子さんに友人のオフォスからはじめて電話を掛けてみた。少し飲んでいた。素面で

は口もきけない自分である。やや驚いた風で最初は誰かわからないようだった。以前、恋人にもこから掛けてみて話し易かったので味をしめたのだ。割りと普通に話せる。外からでも、家からでもどうしても緊張してしまう。自然体で話し、普通につきあって、相手が嫌なら離れていっても良いのだと思った。不自然に自分を飾ったり、構えてみたところで長続きはしないものだと近頃思う。

棒杭が鋭く河岸を越えて伸ぶ以前は無かったと言えば「さうね」

　彼女と私の間では何時でもこんな当たり前のやりとりしか思い浮かばない。

「もう、いいわよ」と、きみに言われてその年は味気なきもの背筋をながれ

　彼女の良人の声を聞いたことがある。始めの頃よく電話に出てくれたりもした。彼女が良人との電話を分けるまでは、思わず挨拶したり、「汀子、汀子！」と、外に向かって呼ぶ声が受話器にも聞こえてきたりした。大抵朝のことだった。それから、夢中で何回も call していた。断られたことは無かったし、何時もよく聞いてくれた。それが、ある月の雑誌でよく知っている男とのやりとりを偶然目にした。青天の霹靂。ぷっつりと音信を断ってしまった。もう、手紙も葉書も殆ど来なくなっていたし、電話も出来なくなっていた。

（完）

中年の背中（novel）

飲み友達のMと例によって駅近くの店のカウンターに着いた。黄昏時に一時停泊する船のように。彼の仲間が二人来ていて、他にサラリーマン風な男同士や女もいて三、四人連れ立ったのが三組。連休の前の夜のせいか混んでいた。テーブル、狭いお座敷、そしてカウンターを各々占めていた。丁度客が一回転する頃であった。〝セイウチ〟とか〝トド〟とあだ名されている歯科医の男が、もののわかりの良さそうな女とカップルで入ってきた。なじみ同士の挨拶をして、辛辣な軽口をたたきあっていたが、ウーロンハイを少し飲んで一時間も経たないうちに彼等は次の店へと向かって行った。逢坂剛の小説の登場人物のようなカップルだと思った。彼女と二言、三言口をききたかったが、連れの男があまりにいじいじした物言いなのでやめた。隣にもかかわらず素知らぬ風をし通した。そうした男について歩く弱みが、女の方にもあるのだろうと考えると馬鹿馬鹿しくなった。むろん、口惜しい気持ちや嫉妬も覚えていた。このカップルはどんな関係なのだろうか、といった興味が沸いた。そうして、そういう女友達の飲み仲間を持たない自分を残念におもった。けれども、翻ってみれば気の進まぬこんな店に入ったのが最初からいけなかったので、Mとよく行く鮎子の店のママと今頃下らぬ会話を交わしつつ、なぎさ（女優の片平なぎさに似ているので私が勝手にそう名づけていた）をからかうのと今会ったカップルとどれだけ違うと言えるのだろうかと思った。むしろ、それならこんな店に二度と来ないで、鮎子の店のママの所で新しい友達を開拓すべきだと考えてみた。飲みに来て、自分達の親密度を見せびらかして帰るだけのイヤ味な連中の来ない店で飲むに限る。仮令、本人達にその気がなくともだ。然しながら、私は明らかに余計な刺激を受けたのだった。この店の今夜の出来事を忘れたくないと思った。自分のなかにある形而下的な欲望を呼び覚まされた。その生々しさに半ば困惑していた。お上品でない女とのつきあいも悪くはないし、むしろそちらの方が本当かもしれないと、あらためて口惜しい思いがして内心忸怩たるものがあったのだ。私は、一瞬めまいを覚えた。

（完）

Poesy

百年の塔

塔の中で私はまどろむ
塔の中で私は怒る
塔の中で私は抗い
塔の中で私は馴れる
塔の中で自分を見失い
塔の中では日々殺戮が行われている
そこの住民はたった三人で
周りの人々は誰もそのことに気づこうとさえしない

百年の時がながれた　否、千年の時が

その頃は、私も他の二人も既にこの世の人では無
　かった

巣

それは古ぼけてはいたが
プーシェの「巣」という題の絵葉書でロココ調で
　あった
私が送った「甜茶《てんちゃ》」の記事へのお礼を述べている
　が
花粉症に掛かった鮎子さんの悲鳴が聞こえて来る
複雑な色合いである
「鮎子さぁーん！」
「早く治ってね」

【返歌】
プーシェの絵葉書くれし鮎子さん鼻声鳴らしし房
総は春

雪の日

それは心あたたかいもてなしであった
誰に対してもそうであったのだが
彼女にはとてもそうとだけに思えない
嬉しくて、喜びを独り占めしたくて
美丈夫な〈師の君〉に岡惚れしてしまった
辛い浮き世の冷たさと、貧窮にあえぐ女所帯
大黒柱の父親の死に加えて利発だった長兄泉太郎
　にも逝かれて
一家没落、母親と妹邦子と十九歳の彼女

人に借りられるだけ借り、質屋へは通いっぱなし
歌塾が支えになると聞けばそれに希みを賭け
小説が金になると知れば書いてみようと思い
それでも、人が好んで読む娯楽物は書けなくて
おのずと自己救済につながるものになってしまった

行けば食事でもどうぞと手ずから立ってあたためて出す
（お汁粉の日もあった）
彼の君のやさしさが身に染みて
（密かに日記に思いの丈を書いた）
（死んだら焼却してくれるよう　妹に頼んでおいた）
台湾の侯孝賢《ホウ・シャオシェン》の映画で友と食事を供する場面がよく出る
若くして朝鮮で苦労した桃水にそうした風習が身に付いたものであろうか

探せど洗濯物や縫い物の賃仕事しか無くて、女の自立の困難な明治の時代
経済的な自立に苦しみ、恋心に悩み、喰うことに追われて書いた
一飯の心のこもったもてなしに彼女の渇いた心も癒されてゆく

二月四日、雪の降りしきる九段坂の堀端を眺め（帰り道）
（この日の出来事は必ず小説の腹案にしようと思った）
「雪の日」と

尾瀬の六月

せせらぎの至仏の山のふところに沿い

渓谷を降り　登った
鳩待峠から
黙々ときみは歩いた
父より重いリュックを背負い軽快な登山靴を履いて
雪解けの尾瀬に分け入った
山小屋での
トイレの長い列にも不平を言わず
山に入って山に従った
おお
十四歳にしてはや大人びている性
長女に秘められている力は
日は昇り

白樺や山毛欅の拠水林に沿って煙る湿原に
水芭蕉や浮島が現れる
雪解け水に洗われている
岩魚が二、三匹湧き水の洞穴に泳いでいる

午後には至仏山の雲も晴れかかり
燧ヶ岳の方角に夏雲が立ち込めた
青く宙宇も覗いて刷毛のような雲が高くかかった
束の間じっとり暑くなりさえしたが
いつか冷んやりした颪に変わっている
私たちは昼まえにそこを離れた
残雪の至仏山に向かって
〈今日の好天をありがとう〉と、
祈るように呟きながら

学びて思わざれば

「学」と言えば
オリガ・フレイデンベルグのことを思い出す
パステルナークの従妹で彼と親交がありながら一生独身で通した
ギリシャ古典の研究に業績を残したと言われる
（ペレストロイカでも再び日の目を見たであろうか？）
肝心の彼女の「学問」のことは詳らかでないが
パステルナークの求愛を拒絶し、友情をつらぬいたことは二人の「往復書簡集」の中の彼女の手紙と日記にも明らかである。
スターリンの時代、救いがたい暗黒は作家のパステルナークにもオリガの大学にも及んだことがわかる。

中傷、誹謗、密告
秘密警察とスターリンその人が張本人だとわかるまでの人々の錯誤もあった
独ソ戦による窮乏と日常生活の悪化もてつだって
次々と消えてゆく身内や知人の消息
悪い噂ばかりに覆われてゆく大地
暗黒時代はながく続いたのである
彼が幼なじみの従妹と取り交わした「往復書簡」は小説よりも入り組んでいて詩よりも真実にあふれている
スターリンの時代に彼らはどうであったのか
良き友人として交わった
彼女が拒んだ女心の綾も日記には印されている
一度も結婚しなかったオーリャ
二度結婚しているボーリャ
学問が真に生涯のライフワークとなった彼女
詩人として作家として旧ソ連の内外に屹立した彼

＊「愛と詩の手紙」　ボリス・パステルナーク＋オリガ・フレイデンベルグ往復書簡集１９１０〜１９５４　江川卓＋大西祥子訳　時事通信社。

リストラの雲

漸く自分の天下が来たと思ったら
職そのものが危うくなってきた
とうとう自分の番だと思ったら
勤め先の経営そのものが怪しくなった
リストラ
そんな言葉が中年の空に浮かんでは消える
まるで凡庸な雲そのものだ
不様に、奇妙に
へらへらとして
消えてもまた現れる

流れる

リストラの嵐が吹いて
神田川を流れて行った

虎の威を借る前任者が幅をきかせて
お濠に白鳥が一羽今日も泳いでいる
（あれから二年）
日本はアメリカ式経済戦略に完全に呑み込まれた
　のか？
今日も軽鴨の行進が見られる
山一も長銀も日債銀も潰された
驕りの当然な報いとしか誰も思わない
火の粉は他人事ではない

俎橋を渡って今朝も出勤

鯉の心境である
水を眺めた
相変わらず濁ってドブ臭い神田川

ひとりごと

1

知れば知るほど奇怪な
皇妃エリーザベト
きみについてうまく言えない
例えば
王族が反逆の詩人ハイネを愛唱していたなどと
(『真夏の夜の夢』の台詞が憎い)
アナーキストに刺されたのは
一八九八年九月十日
せめてもの救いは同じ湖とも知らずに嘗てそこを
私も歩いたと言うことぐらい

2

皇妃エリーザベト
今もほんとうにあなたのことはよくわからない
昨日ルキノ・ヴィスコンティの『ルートヴィッヒ』
　を観た
優に四時間に及ぶ大作をと言うけれど
やっぱりあなたは謎だった
そこにもあなたらしき一面を演じる女優が現れは
　したが……
それにしても、こんな些細な出来事をして
私には今日の重大な関心事も
(一体誰に打ちあけてよいものか)

狐目の女

私が
その狐目の女に出会ったのは
山西省《サンシー》の小さな寒村を訪れた日のことであった
トラックに乗って例のごとくその村にさしかかる
と
娘はかなり離れた所まで
生命の水を汲みに行って帰るところだった
天秤棒で両端の重い水バケツの拍子をうまくとり
ながら
きりっと吊り上がった目で私に言ったのだ
「手助けは要らないわ」
黄土ばかりの広大な山嶽地帯のこのあたりでは
井戸水が何よりも重要であった
それを掘りあてるための人間の戦いがこの村の歴
史でもある
(水さえあれば人は生きられる)
飲み水の大切さは空気以上のものがあった
また、その娘は良い声をしていて大学出の都会っ
娘
二人で山岳調査に登った日など
よく歌っていた
草花が弾けるようにうたう
大方は男女の仲をはやし立てる俗謡のようなもの
なのだが
断崖に谺すとき、天女の声かと思われた
さて、慎ましい妻の待つ身の私としては
彼女との「婚」はついにならなかったが

二人は愛しあっていた
井戸掘り研究班のチームを作って
率先して
険しい山あいを連日探索して廻った

やがて、村の噂にもなり
別れ別れになった後
彼女の澄んだうた声と
聡明に吊り上がった狐目だけが何時までも
私を悩ませた

＊ 映画「古井戸」一九八七年作　呉天明《ウー・ティエンミン》監督、原作「老井《ラオチン》」鄭義《チョン・イー》。

歌の寸評

たちまちに天日隠れかきくらし雪は櫛比す風ともないて
石田比呂志

ここで歌われている能登の〝櫛比の荘〟は、私の生まれ故郷である。風土の特徴が一首の中に見事に捉えられている。歌集『亡八』（砂子屋書房）より採った。

会えないと決めつけられて〈かしゃんかしゃん〉
自動製氷機の氷かも
田中　槐
（一九九七年「短歌研究」十一月号）

〈かしゃんかしゃん〉の擬音は、新鮮である。また、それに留まらずなにかしらのことばの領域への拡大という可能性をも秘めている。思い通りにはゆかない恋の微かな苛立ちや期待感へのおかしさにまで及んでいる。

人に語りてなごむうれひにあらぬかもうなじに暑き日はかたむける　　松倉米吉

上句で思慕はつよく表れ、下句は絵を視るように具体的で鮮明な像をむすんでいる。禁じられた恋なのである。

（久保田正文著、『現代短歌往来』筑摩書房）

たれか？かぜか隣室に本をめくりおる顔あげぬままわれは伏しいて　　村木道彦

われとの無機質の透明な接点が見事に捉えられている。一回きりの青春のみずみずしい感性のなかで。

（現代歌人文庫23『村木道彦集』国文社）

婚なして良かりしことの一つにて蚊はいつも隣の床にゆく　　花山多佳子

うたう時の視点の低さに先ず感じ入ってしまう。巧まざるヒュウモア。むろん、「良かりしこと」が、それだけでないのも、わからせてくれる。

米国第七艦隊の配置図にあはれ洋中《わだなか》の日本の基地　　窪田章一郎

（『現代短歌』講談社文庫）

戦後五十年経っても、この歌の成立前後と現状は何も変わっていないのにおどろく。すっきりとして、精確なカメラアイを思う。ベトナム戦争の頃の作とあった。

わかりにくいけれどおもしろい歌

海にきて夢違《ゆめちがへ》観音かなしけれとほきうなさかに帆柱は立ち
　　　　前　登志夫『子午線の繭』

先ず「夢違観音」がわからない。悪い夢を見てその災を避けるためのもの？　次に「うなさか」が難物で？　三省堂の「大辞林」では海境で海神の国と人間の国の境とある。大分呑み込めてきたが、上句と下句の繋がりは悪いと思うし、「かなしけれ」がなお漠然としている。

茂吉終焉の地

御苑とか大木戸といった地名の近くに四谷四丁目と印した割と大きな交差点がある。日本橋から七キロメートルと書いてある。新宿駅の東口へ向かう新宿通りと外苑通りがここで交差している。目立つものと言えば工事中のクレーンとサンミュージック社の看板であろうか。余り大きくない角のビルの窓々に売り出し中の歌手のプロマイドが貼ってある。以前この窓から飛び降りた歌手も居た。

散華《さんげ》とはついにかえらぬあの春の岡田有希子のことなのだろう
　　　　藤原龍一郎「夢みる頃を過ぎても」

私は地下鉄を降りて毎月一度出張でこの交差点を渡っている。ある日、目立たない群小ビルの奥にある土色のレリーフに気づいた。奇縁だと思った。思いがけない拾い物でもしたような気分になった。なんでもない礎石の類だろうと思っていたのだが、何年も見過ごしてきた所に茂吉のうたが印されていた。

新宿の大京町といふとほりわが足よわり住みつかむとす　　茂吉

斎藤茂太の筆で、「空襲で南青山の自宅を喪ったあと昭和二十五年十一月十四日のこの場所の新居に住み、昭和二十八年二月二十五日に没した。」と続けられている。私はそこが茂吉終焉の地とは知らずに通っていたわけである。殺風景なビルと渋谷に出られるバス停のある大通りに、当時のおもかげを偲ぶ何物も無い。が、一歩路地に入れば、大京町とか内藤町とかの地名に因んだ何かがあるのだろうか。地図上ではお岩さんの跡とか野口英世記念館なども近いようだ。南青山の方を訪れる人は多くてもここをわざわざ訪れる人は余りなさそうである。因みに、『日本の詩歌』（中公文庫）8巻の「斎藤茂吉」には、山本健吉がこう記している。「前年十一月に、新宿区大京町に家を新築して、代田から移った。長男茂太によれば、二度の火難に遭った青山の地に、茂吉は帰りたくなかったのである」。御苑に沿って暇な折りに散策がてら茂吉終焉の跡を訪ねてみるのも歌人ならば愉しいだろう。新宿駅からあるいてもそう遠い距離ではない。

樋口一葉の歌

浅草の観音様の裏を抜けて千束町に出れば、そこから鷲《おおとり》神社と一葉記念館のある竜泉寺町へも容易に歩いて行ける。東京の良い散策コースと言えるだろう。吉原の御歯黒溝《おはぐろどぶ》の名残の舗装の傾斜を（一段高くなっているため）自らの足下に確かめてみたり、「廻れば大門の見返り柳いと長けれど」に始まる『たけくらべ』の一節を思い浮かべつつそれらしい柳の一本を探し歩くのも愉しい。ところで、一葉記念館内の展示に、萩原朔太郎選による「一葉の恋の歌」七首がある。他に斎藤茂吉選もあって、全然別な歌を選んでいる。

君とわがたゞ身二つのかくれざと隠れ果つべき里もなきかな

右は茂吉選の一首であるが、朔太郎選から二首採ってみる。

書き交すこの玉章《たまずさ》のなかりせば何をか今日の命にはせん

よそながらかげだに見んと幾度か君が門《かど》をば過ぎてけるかな

茂吉選のものはやや抽象的で、朔太郎選のそれは具体的である。一葉が小説の手ほどきの師とも恋人とも秘かに慕っていた半井桃水との交際を歌塾の師である中島歌子や同僚から諌められて断念するまでの苦しい経緯があった。この時から、しばしば頭痛に悩まされ癒えることは無かったという。この間のことは、和田芳恵の労作『一葉の日記』にも詳しい。旧派の歌として顧られなかった一葉の歌もこの頃は少しく再評価されて来ている。小説家よりも歌塾の後継者になりたかった時もあった一葉。貧しさ。女世帯。碌な女性の職業も無かった明治の時代。一葉の歌にも、一度読んだら忘れられない鮮明な何かがあるのではなかろうか。

秩父事件の人々

秩父事件を調べはじめたら面白い類まれなものとわかった。事の起こりは風布《はっぷ》の里からで、その思想は重木《しげき》耕地とある。何れも山峡の奥深い秩父路に峠の風とともに興って過ぎた。意外に手ごわく官憲を悩ませ、戦線は佐久にまで及んだとある。養蚕の不景気と自由民権運動が絡んでいる。又、風布とは秀吉の小田原攻めの折り、落とすのに三万の兵で三ヶ月もかかった鉢形城を落ちのびた人々の部落と聞く。歴史の因縁とは、そうしたものではなかろうか。

詩集『景福宮《キョンボックン》の空』（二〇〇五年）抄

〈序にかえて〉

BARAN

テヘランの街は砂漠の中にあった
雨は神様が仕掛けた如雨露《じょうろ》みたいにレンガの家を
疎らな樹木を
人のこころにもシャワーを掛けて去った
細くありがたく乾いた街角《まちかど》を
改装ビルの工事現場で伯父さんの手伝いをしつつ
　青年は密かに
賃金を空き缶に貯めていた

薬師丸ひろ子にあい似た少女が男の子に変装して
　おじいさんと仕事にありついてきた
セメント作りの作業は力仕事であった
ある日それとなく気づいた青年は少女を周りから
　かばうようになる
男女の戒律が他国より格段に厳しいイスラームの
　世界では全てが無償の行為に留まる
生活も自然も厳しい中での〝難民〟であることを
　隠して働いているのである
〝BARAN〟とは雨のペルシャ語とか
突然にアフガンに居る兄が殺されたという電報が
　届く
地雷に片足を奪われた父や幼い妹等を少女が河石
　を運んだりした日当で支えていたのだ
少女は官憲の手入れで来られなくなった
少女の家を探すうちにそれらの事を知る
青年が貯めていたお金を全部村で行き会った少女

を知るおじさんに託したら
その金を持って彼自身が帰国してしまった
二人は一度も口をきくことは無かった
一方的な思いだけが残った（禁じられている）
その時、河の近くで青年は少女の髪留めを拾った
彼はそれを石の上に置いて帰った
（彼らがもう二度と逢う日も無いことが我々には
解っている）

＊　マジッド・マジディ監督。邦題名「少女の髪どめ」二〇〇一年。イラン映画。

（返歌）
〝ＢＡＲＡＮ〟は雨なるペルシャ語　薬師丸ひろ
子にあい似し少女が主演

「冬のソナタ」・考

要するにユジンとチュンサンの純愛が主題なのだ
が
伏線としてそこには大きなテーマが二つ見え隠れ
しているのではなかろうか
潮流のようにある時は強くあるときは弱く幼なじ
みのサンヒョクを加えて
三人が明るく暗く季《とき》の移ろいとともに展開してゆ
く心理劇
いわばミステリー仕立ての織物に彩りを添えてゆ
く物語
少々の中だるみはあるものの恋愛物への下世話な
興味が延々とPureを求めてついつい観てしま
う（続きもののＴＶドラマゆえ）
ひとつは韓国社会独特の〈同姓同本禁婚〉への若

い世代間の疑問から
その矛盾点をも突いており
もうひとつは交通事故による主人公の〝記憶喪失〟
といったとっぴな設定で
より鮮明に恋愛の純度を自ずと高めてゆき、世俗
の汚れを超える役目をはたさせている
ヒロインのユジンもチュンサンの事故とともに死
に、いわば一度肉体は蘇生するがすべての二人
の思い出も〝記憶喪失〟という設定から同一人
物が別人として、また出会うといった奇想天外
な筋書である
けれども、元来が夢か幻か、果ては独りよがりな
狂気ともとられがちなＬｏｖｅ
Ｓｔｏｒｙ自体の、それこそ望むところなのだろ
うが
この世ならぬ愛には命の生と死、そして復活の神
話こそがこのドラマに相応しいと納得させられ
る巧みな構成とも言える

それらの荒唐無稽なる粗い目を
半島の見慣れぬ美しい季節の移ろいとともに若い
ヒロインとヒーローの瑞々しい演技力で補って
余りある
観る者もその中に一体となって溶け入って青春の
一頁一頁を織り込んでゆく
美顔の俳優達によってわれわれ平々凡々の者も、
この世ならぬ愛の世界へと誘われて行くばかり
だ

黄昏の城（novel）

①バケット

そうだこれがきみの味だと今朝になって気づいた。それはサブウェイの出口の前にあるカフェ・ド・クリエでバケットやあらびきソーセージ等のパンの香しい熱度と野菜の新鮮なあおばの感じがmixして、どこか干し草の匂いと言うか、日向の牧草地にでも出たような感じさえした。この前会った時に、彼女の気に入った点のランキングを発表してやった。一番に「声、きみの電話の声だよ」〈本当は朗らかな時のみと付け加えるべきだったが〉。二番目がその髪、黄金色に染めたサラサラする長い髪毛だ。きみの若さの象徴のように。三番目は「きみのキャラクターだ。性格ってわかる？」「わかるわよ！」ときみ（最後に次はきみの全部をと言いたかったけど黙った）。

〈香しい干し草と太陽で焼きたてのパンとヴェジタブルのモーニングはきみの感じか〉

②ハードル

余りにもハードルの無い二人にとって、早くも私自身からハードルを掛けてしまった。二人で海へ往こうと何回誘ってみても、言を左右して空約束に終わってしまった。春に知りあって、ゴールデンウィークも過ぎ、夏も過ぎた。

〈ハードルは高く掲げよ、きみと二人で海にも行けない恋人ってなに〉

③愛は惜しみなく奪う

Mが故国に帰ったなら、その淋しさにとうてい耐えられないだろうと思った。彼女が帰る前にKと知りあった。Kは Mのくれないものをすべてくれた。よくしたもので、今度はMのくれたものは、悉《ことごと》くKはくれないのに気づいた。奇妙な現象だった。なぜなら、二人の女性の間になんの接点も無かったからだ。

〈くれるものとくれないものがいやにはっきり二人の女　これを恋と呼んでもいいか〉

④わが novel・わが愛

京都の詩人から、素敵なエッチングにはじめて私の試みた短い novel への批評があった。「印象に残るものです」と記してあった。詩以上に、これら二作品について評されたのは嬉しかった。詩の方も全国誌の詩誌に載っているが。

〈京都の詩人からの返事届けり。誰も賞めなかったわが試みの novel に触れて〉

⑤サランヘ、タンシニン

「サランヘ。タンシヌンサランヘ」と呟いていた。「好きかい?」「大好き……」

そんなたわいもない短い会話でも良かった。「浮気しないでよ!?」と尋《き》くと、「しないわよっ!!」と一瞬真顔にかえって驚いたように答えてくれた。

〈二人の絡みあい、サランヘ、サランヘ、タンシヌンサランヘと〉

⑥KとM

この街に来て、Mの去った後をKが埋めてくれた。渓谷を覗くようにして、清烈な流れに沐浴しあい、日向の岩肌に身も心も晒《さら》しあった。焼けるような想いがあった。Kもそうだったかはわからないが、好きだと言ってくれた。必ずしも嘘とばかりも言えないだろう。期せずして「欺《だま》されないでよ」と言ってくれたMに、「きみの時みたいにね」と、言い返すのがやっとだった。

〈恋人のように与え与えられる無尽蔵と思える眼《まなこ》眩みて〉

⑦砂の城

年齢の違い、男女の違い、国と国や日常生活の違いがある。MやKに接して、私が得ようとしたもの。私が失ったと思えるものは。それらの行きつく先こそが、私の求めて止まぬものなのだろうか？　ともかく、後は、闇雲に俺自身であろうとして、己れを晒《さら》け出しつつ、MやKにも自らをさらすよう求めていたのだろう。そこに少しでも、嘘やごまかしが入れば即刻、瓦解してしまう代物だった。幼児が夏の渚で造っては遊ぶ砂の城に似て。

時間という巨大な潮が絶え間なく襲っては崩してゆく。やがて跡形も無くなっている。私たちの愛もそのように儚いものなのであろうか。また、仮に残されていたとしても。二人の何のような想いもそこに留まらず、何れは消え去ってゆく。宇宙の塵芥にも等しいものだとしても。

〈砂の城　崩れて幾つ絶え間なく波間を漂う牙の跡も無く〉

帽子とサングラスと靴

50ミリ天体望遠鏡

1

とうとう手に入った
昔からあるシンプルでホワイトなボディ
さあ、ここから宇宙が塵のようなミジンコのよう
　な私達
少年の日、高価で手に入らなかった天体望遠鏡
新聞配達をして一年間貯めたお金で
対物レンズだけ手に入れた
ボール紙で工作したこともある
中学時代
母方の実家の馬屋の二階に据え付けて
それというのも
恩になった昔の同僚の奥さんが急死したため
香典返しに送られてきた三越のギフトカードから
　選んだもの
妻や娘の好みもいまいち決まらなかったから
期限切れの迫る正月頃発注した
まるで二人の高潔な友情にも似た代物
パロマの天文台も及ばない Present
私だけの、私のための望遠鏡
(自分で買う年齢はとうに過ぎてしまった)

2

部屋の片隅にまだ箱に納まっている
それだけでもうれしい

三脚ヘッドのグリップのスライドがなかなか困難
　で
星はあまりにも遠く、すぐ視界から逃げてしまう
ファインダー付き、天井ミラーあり（プリズムが
　素敵だ）
（50ミリテレスコープＴＳ—70）
これでもガリレオのものより高性能だし持ち運び
　に便利である
わけもなくうれしい

＊（二〇〇三年八月二十七日。
六万年ぶりに火星が地球に大接近すると報じられた）。

景福宮《キョンボックン》の空

Ⅲ．in Seoul ——

景福宮の二人

翼拡げ隙間をつくり降下せる洋上の機はいま鵬と
　なる

日本人に暗殺されし閔妃《ミンビ》の跡地に祈る。二人で王
　宮参る

「また来て下さい」とハルモニに言われしわれな
　らむや日本人《イルボヌン》として

壮麗に思いの外の巨きさのこの文化財を破壊せし
　日本軍閥の鬱

明らかなラテン気質の人々と一夜明かせり家具付
　きの部屋

そんなにも乾いていた金浦《キンポ》空港　別れの印も無くて哭きにき

男尊女卑の往時の名残か女子トイレ無き光化門前のレストランの内

閔妃の殺害されし地を訪ねきみも手を合わすやさしい雲に

夜半二時に働いて帰るハルモニの若さの秘密は市場の活気

姉夫妻はインドネシアへゴルフツアー　私にホテルを予約した後

V．別離《イビョル》——

마니또《マニト》店で

마니또《マニト》店で卓の下に足を伸ばして私の足と触れていた

バスの二人席に乗って腰が触れ合った

彼女がクリスマスカードを送る気になってくれた

クリスマス present にライターを購ってくれると言った時、

「ライターを男の人に贈るのって特別な意味があるのよ、故国《くに》では」

って言われても、俺は「そうだろうけど、미경《ミキョン》のこころは凍って

いるからね」と、素っ気なく言ってのけた

焼肉店を出る頃、アルコールの効いた彼女の心は
　はや私を離れていた
次なる目的地へと後輩達の待つ店へと跳んで行った
彼女の後ろ髪と首筋に触ったのすら束の間の出来
　事で（酔っていたのか）
今もよう思い出せない

詩集『かもめ（Чайка）』（二〇〇七年）抄

第一部　かもめ（Чайка）

水平線

彼女が河のように上から重なってきた
（ゆめの銀河ならそうあるべきだったろうが）
彼女の乳房が水平線に微かに揺れていた
潮が引くように瑞々しい光景に変われるなら
（ゆめの世界ならそうあるべきだったろうに）

〈my lover〉とか〈究極の愛〉などという俗なこ
　とばが一瞬脳裏を掠めて吹っ飛んだ
私たちは居たのだろうか（いま　そこに）

時間がすべての限りある人間共の世界に
あらゆるしがらみを断ち切って
海峡を越えて来た人々のように
海峡ごと抱いてしまった愚か者の科白としては
（まさに太陽のスペクトルが織りなす彼の水平線
　のように）

白金の campus

仏文科では、ＡやＩ助教授が居て詩人として音に
　聞こえていた
トンボの眼鏡を掛けた学生詩人のＳや肺の弱い英
　文科のＹなども居た
白金台の母校は門からの坂を銀杏の大樹が並木を
　成している

ゆかりとぼくも英文科で その頃
Ｎ助教授のゼミでエミリー・デキンソンの詩を拝
　聴していたが

　傷ついた鹿は躍りあがると
　狩人の言うのを聞いたことがある
　それは死の一瞬の法悦にすぎなく
　やがて叢（くさむら）は静かになる＊

十九歳の彼女がその詩をくちずさんだ時、隣りの
　田舎出の学生
（つまりぼく）は彼女のブラウスの純白度が一層
　眩しく
窓の外の八芳園の梢を
バックにして　輝いて見え　眼眩んだ

二本榎から　五反田駅へ、ある日は目黒駅まで
お大名屋敷みたいな邸宅の居並ぶ　高塀の下を二
　人でよく歩いて帰った
ドイツの美少女似のゆかりには振り向く者も多か
　ったが
むくつけき田舎者（つまりぼく）がサンチョ・パ
　ンサをよろしく　くっ付いているのには
みな怪訝な眼差しを遠慮なく送ってくれた

＊　新倉俊一訳より。

bush

裏山が崩れかけているというので
事実、墓場の在った辺りの杉の木が一本斜面に沿
　って倒れていた
村興しの防災工事でその後裏山は殆ど強制収用さ
　れてしまい
ついでにわが家より一段低い隣家が危ないと言う
　ことで立派な垂木の蔵まで
潰されてしまった
広葉樹の細枝が台風で折れて蔵の屋根まで落ち掛
　かって瓦を割っていた
そんなこんなで、栄えた頃の祖父や曽祖父の頃に
　植わった
生垣がわりを成す　bush　も悉く刈り採られていっ
　た
趣味と実益を兼ねたのだろうか
果実ものが多い
ガメ梨や銀杏の

伸びすぎた樹とグミやいちじくなども絶妙なバランスで敷地を囲っていたのだが
いち早く村の子供たちがこっそりそれらの実を捥ぎに来るのを追い払うのも大変だったことも覚えている

父祖の記憶が次第に薄れてゆくのと（うらめしや）
母屋や馬屋のまわりの bush や樹木が刈り採られてゆくのが奇妙にマッチしていた
己れの家としての思い出がだんだん失われてゆくのは
孤児が懐かしんで再び帰郷しないために（隣りの家や住み慣れた伯父夫婦とその子供等の）（忌避したであろう呪いが）
（今頃になって　じわじわ私にも効いて来たのか知らん）

第二部　海と兵隊

一丁目あたり

こんなにもきみのことが好きなのは
私は自分が見えてないからだろう
そんなにもきみのことが気になるのも
ほんとうはきみが見えてないからだろう
どうして？　とも
どうしたら？　とも言えず
そうして？　とも
ああして？　とも
言わずに
ただただ好きだということは
相手も自分もほんとうに見えてはいないのだろう

きみのことも私自身のことも闇の中なのだ
ここらが奈落の一丁目あたりか

馬喰

裸馬に乗って、土堤を今しも
村の中学同級生Aが得意げに駆け過ぎて行った
河のこちら側で羊に草を食ませているのは俺
（あんな風に荒武者みたいな、馬を駆ってみたい
　なあ）
「どォーッ、どーッ」と、二声、三声叫んでいる
　Aが俺だと空想したら
隣家で飼っている唯一の馬喰《ばくろう》の馬でもあった
Aはそこの家と親戚なのだ
木材の切り出しで冬山を転げるようにして降りて
　来る
鳶でお尻を思いっ切りひっぱたかれる姿を村人な
　ら何度も垣間見させられている（すべてが荒っ
　ぽい）
坂道を何度も馬力目一杯に引かされる労働力に過
　ぎない
血反吐《ちへど》吐くほどブン殴られる　畜生の宿命か
（生まれ変わりたくないものだ）
などと子供心にも思った

外浦の祭り

能登の門前町にも〝ゴウライ〟*が白昼を練り歩き
　小学校の前庭まで入ると
子供達は恐れ戦き奇声をあげて〝夏祭り〟の到来
　を知るのだ

二つ隣り村の森には太い幟りが立ち
暴れ御輿が道路を塞いで車に通せんぼをする
疾走して早々返って来るから危なくて近寄れない
担ぎ手はみんな呑んでるし、道一杯に動くので天
　下御免である
夕闇が懸かる頃杜《もり》では草相撲が始まる
五人抜きや三役格には懸賞金が付くので応援も熱
　くなる

黒島の港は今は鄙びているが〝天領〟の祭りであ
　る
「下にー、下にー」の奴振りもどことなし気取っ
　て聞こえる
岬を隔てた皆月では、急峻な坂を山車が引き上げ
　られたり、神馬を裸で逆落としする
「山王祭りよい！」「さ〜らば冷や〜せ！」

宵に入って山車が街道から浜に繰り出すとき、必
　ずや怪我人が出ると言われた。

ところで、わが村の隣りでも勇壮な獅子舞が出る
〝獅子殺し〟までやるのだから念が入っている
昼間は子供達が天狗になって花房の棒で踊る
クライマックスの境内ではそうはゆかないのだ
一軒一軒を厄払いして廻った後に
天狗も青年に替わって剣をかざして挑む
巨木の一刀彫りからなる獅子頭はそれだけでも重
　いが
背後の蚊帳の中の若い衆が交代で支えて舞う
尾っぽが向かって来たりしぶとく踊る（若獅子だ
　からなかなか死なない）美酒が廻って来る
四対一では圧倒的に獅子の若い衆が強いから、周
　りも加勢して背後から乗っかかって押し倒す
巨きな獅子頭がピクリとも為なくなるまで地べた

に押さえつけられるほどに
天狗が退治する

＊〝ゴウライ〟は恐持てのする鬼面を付けた道を開けさせる剛の者のようである。如何にも人の邪を正す異形であるが、神の前ではおとなしい。
普段は静かな外浦の村々にもお盆と前後した祭りには人が集まって来て、去る。

詩集『雲峴宮《ウンヒョングン》の日向に』（二〇〇九年）抄

鵲

とうとうきみは現われなかった
鵲が私の女になって半島の良く晴れた小高い丘の
　上の梢に留まった

雲峴宮《Unhyungung》の日向に

1

お仕えの女官とともに
その方は軒の反り返った宮殿のなかに坐った
当時のままの御姿で

私は思わず声を掛けていた
恐れ戦きつつも
すると応えたのはあなただった
「よきにはからえ」と、仰ったのか

2

縁側で短い冬の日をこころゆくまで愉しむように
居眠りから　醒めた
その陽だまりには

（その方は坐った）

（あなたは居た）

（きみの声がした）

中庭に面した宮殿の中で
半蔀を空に撥ね上げ
日向のなかで

黙って私たちは対峙していた

歴史を見つめていたのだ

（その方を守っていた）
（あなたを見守っていた）
（きみの声がした）

鐘路の巷で

視線のきれいな女が居た
肌えの透き通った光沢の美人だった
ゆったりと構えた衣装が

天女のものであるよと　暗示してくれる
キム・ジスの演じるソソンと片岡仁左衛門似のチ
　ャ・インピョは幼な馴染み　初恋の仲だった
パンソリの名人だった父を亡くして妓生に拾われ
　た
ソソンはやがて芸も歌も京城《Seoul》で一番との評判を取
　るが
時あたかも、日本軍による半ば公然とした併合の
　時代へ
その考証も鮮やかに
旧王都のセットは念入りに造られている
戦後の半島を背負って立つ男に躍進してゆくはず
　のテサンと

ウォルヒャン（妓生）として名を成すソソンとの
　束の間の青春譚
鐘路《チョンノ》の巷で紅く燈るボンボリが並木の葉陰を一層
　濃くした
宴と語らいの宵の止む日とて無かったが
戦時色の強まる市街に（彼の国も一流の女は日本
　人に紹介してあげない）
血と儒教の教えに沿えば　自ずとそうなる
独立の気概と抵抗で　心も体も売らない
しがらみの嵐のなかで　耐えてたえてこそ
二人は結ばれるって訳

＊「英雄時代」（前編）二〇〇四年　ｄｒａｍａより。

八ヶ川の畔で

八ヶ川は濁流に勢いをつけていた
明らかに水嵩も増しているようだ
西の海に向かって遠近を形づくってゆく山の鼻の
　先も昔のままで
ただ一枚いちまいの田畑が拡げられたという以外
　は余り以前と変わらぬ長閑かさだ
黄ばんでいる降雪前のススキや枯れ草がそう思わ
　せるのかもしれないが

父方のたった一人の血筋の伯母りつが逝った
享年九十一歳
大往生であろうが
美人で　是非にと請われてもらわれ、わがまま一
　杯に振舞っていたとか
しょっちゅう医者通いして　楽をして　死んだの
だと
いまは大人になった子供達がみな口を揃えた
孫十一人ともども　最後まで　賑やかにワイワイ
と大切に扱われ
慕われつつも亡くなったようである

だから、十年も二十年も里を離れていた私にその
名札までが祭壇を埋めた生花の間から
ついと立てられた時は　芸能人なみの面映ゆさで
まるで田舎式のそれだから　恐れ入った
隣村の葬儀で　並み居るファミリーの立て札に加
　えられたのは
亡き伯母の長男夫婦の配慮というか、情愛なの
　　だから

「〈山岸哲夫〉って誰やろ。やっぱり帰って来たんやねえ」と、誰彼となくきっと囁かれたに違いない

帰郷

梢の枯葉がカサコソ音を立てて
小雨混じりの冷たい風がまた吹いた

慌てて線香に蠟燭の火をちかづける
点火しようと試みる己れをも嘲るように点かない
山火事になってはいけないと思い当たり
土台の落葉を手で払った
やや湿っている墓石のザラザラした砂岩粒の感触が快い

如何にも昔のままだ

雨後の山肌の樹々も石も今日は優しい
まるで祖父母の霊のようではないかい
祖母よきの形見の数珠をしっかり握って祈った

その珠の中央には釈尊が入っているカラクリだった
ご真影と言うのか御仏と言うべきか

先刻立ち寄った叔母はるゑに見せたら
「ほう、……お前ちゃ（今でも）それを持っているがかい」と、
感心して覗きつつ
「もう消えて……居《お》らんわ」と、私が言い添えても

「居《お》る。居るがの……」と、言ったので驚いた
ほんとうに見えたのだろうか

花山さんの言ったこと

「詩を止めたら歌がうまくなるわよ」と、
　以前忘年会かなにかの席で
　謂ってくれたのは花山さんで（同世代の）
それなら　いっそのこと
歌を止めるといよよわが詩のほうが巧くなりそう
　なものだが
（そんなことは一切起こらないのだった）
でもでも、そこには何かがあると思える節もあっ
　て
（秘伝のようなものがあるよと感じて）
じゃー、全部止めたら、
A・ランボーみたいにもの凄いものになるかと言
　うと
（きっと、そんなはずもないのであろうが）
いわば、それも
ものの譬えというものであろう
要は　本人の心懸け一つという意味でもあろうと、
　時々思い出すのであった
今でも、花山さんの言ったことを　噛み締めてみ
　る時がある

内と外と

明洞《ミョンドン》のあたりから　Ｍがｋｅｉｔａｉで呼び出し
　ていた
　おじさんの自家用車に乗り込んだ

背後から彼に話しかけているＭの声音に卒倒しそ
　うになった

まるで別人だった

その抑揚といい、声といい、リズムといい、ウリ
　にだけ垣間見せる（密室の世界）
囁くような、あまえるのとも違う、親しみの籠も
　った幼児体験に引き戻されかねない
　七色変化のハングル語は
耳元に呟く胸の真底まで蕩けさせられそうな　発
　語の　妙なる調べ
日本では彼女が決して見せなかったものだった

イルボンにはたった一つのトーンしか聞かせても
　らえていなかったのだと、その時気づかされた
　具合である　　それに引き比べても
何と平板なわれらの　いろはにほへと

あのＥｎｇｌｉｓｈもかなわぬ豊かな発音には敬
　服した
恐るべき蠱惑の別世界に戦きつつも

疾駆する車は　やがて漢江のとある橋を渡り
　Mの家や私のホテルのある九老区《クローンク》に帰って行った

二〇〇一年二月

法燈の里に震度6強の揺れが

ヤセの断崖も地形が一部崩れたと言う
深見に到る猿山灯台への道路の損壊は以前からよくあったが
元来、下が砂地の道下村や門前町の走出の被害は
　信じ難い事だった
鹿磯の漁民達は余震5が続くのに怯えて、船で一
　斉に沖に待機したと言う
誰が責められようか（多分、津波の恐れよりは
　増しだったのだろう）

太柱の梁や大黒柱に支えられている家は多く倒壊
　を免れたが
大方築何十年ものの潰れた家もあった
横町の老舗沢田酒店は中の商品も何もめちゃめち
　ゃで廃業すると言う
わたしの身寄りも少なくなり　従姉妹や叔母など
　居るが
故郷のわれに冷たく感じた日から、今日の日を予
　感したようにさえ思えてならない（余り人に言
　いたくは無いが）

南無三！

「おろしや国酔夢譚」を観て

1

国交の無かった江戸時代　極寒のオホーツクに難
　破した船員等の
　それからの日本人漂流譚

イルクーツクから　トナカイや馬の橇を使っての
　旅路が
シベリアを横断しての
聖都ペテルブルグまで
エカチェリーナⅡ世に拝謁したと言う

2

一介の流民ながらも　当時、異国の言葉を覚え
　ひたすら帰国を想い
死に損なった仲間と大黒屋光太夫
生きて帰れたのはたったの三人

シベリアから花咲く王宮へ
異国の良き友にも恵まれての旅も
鎖国政策の日本では　もってのほかの〝死罪〟に
　相当すると、罪に問われた

3

それらの苦難に満ちた体験も　光太夫は膨大な日
　記にしていたが
想いがけないロシア王朝の厚遇も
夢のまたゆめだったのか　幕府には殆ど無視され
た
（ほんとうに現実であったのだろうか）
あれらは、一時の夢に過ぎなかったのではなかろ

うか
漸くの思いで、帰国をはたし　牢に入れられ囚人
　かごで運ばれてはその後も
さすがに　自らにも問い直さずにはいられなかっ
　たろうが

＊「おろしや国酔夢譚」大映映画。一九九二年　井上靖
　原作、佐藤純彌監督。緒形拳主演。

クライシス＊痰

酷暑のなかを長い塀に沿って歩いて、汗を掻いて
　から駅内の冷房に当たった
その日の夕刻に　胸に不快感を覚えると急に痰
　が出だした
年齢を考えて　用心した
というのも、
五年くらい前に単なる風邪だと思っていたしつこ
　い痰から　そのうち鮮血が混じった
慌てて近くの大学病院へ駆け込んだら、結核菌の
　一種と診断された
インフルエンザをふくむ三、四種類が専門内科に
　貼り出されていた中にも書かれていた
お盆休みではないかと案じつつも勤め先に近い医
　院を訪ねると休みだった
別な所の診察券を探したら、胃腸や肛門内科とあ
　ったので諦めた
馬場駅に出てから交番に尋いて　坂道を少しばか
　り上るとそのクリニックはあった
背中から担当医師の聴診器にシュッ、シュッ音が
　するると言われた

レントゲン写真を見せられて、ここに白い影があ
　ると教えられたがよく見えなかった
肺炎になりかけの気管支炎と診断された
抗生物質の薬と痰きりの薬を処方してくれた
東大病院系列の医師の名前やギリシャ語の人の名
　を冠したクリニックなので面喰らった
医師も薬も代金もすべてがパソコンでガラス張り
　なところがｎｏｗｙ

本当に危なかったのだと思う

詩集『純子の靴』（二〇一三年）抄

Ⅰ　純子の靴

あいあい酒

喉の痛みや咳きこみが改善されてきた女が
今度は頭から首にかけて鈍痛がしきりと男に訴える
（それが実は以前からのものだとはずっと後で知
　らされる）
ともあれ　率直に今の状況を男に告げてくれるの
　は嬉しかった
良い証しだと思われた
とかく他人行儀にして　己れを隠し　女ってなか
　なか異性には心も体も開かぬものだから

軀の悩みを訴えてくれるのも男には愛の証しかと
（深読みして）
その女のためなら　何でもしてやる気でいた

純子の靴

純子の靴を一度も見ていないことに　ある日男は
気づいた
彼女の長い紺や赤の鮮やかなドレスに何時も見惚
れていたから
それにカウンターの向こうでは見えていない
髪のイヤリングにすら気づいたのはほんのこの前
の出来事だった
ハッとさせられる

恋人について　未だ見てもいないところが多々あ
るのも素敵だ
彼女の何もかもが知りたい訳でもない

Ｅｔｅｒｎｉｔｙ

郊外の駅の東口から市街に家並みが延びてゆく所
で
商業ビルの大看板を男は仰ぎ見ていた
踊り子のイラストにクラブと書いてあるが
明らかに周囲と不似合いで　嘗てのバブル景気
のうらぶれた名残りか
Ｅｔｅｒｎｉｔｙの堂々とした威容が懐かしい
階段を登ってみると案の定廃業中で　残材が痛々
しい

純子も以前こんな歌って踊れる店で　華やかに働
　いていたのではと
　ふと想ったから
初めてｋｏｋの友達に誘われて入った店で彼女と
　会って呆然としていた
男が密かに想い画いていたイメージというのか
　優雅な仕種　見とれるような美貌
　そして歌って良し踊って良しの　華やかさを一
　　瞬にして彼女が具現していると
然も、下品ではないｔｏｕｃｈと　毛嫌いせず
　初々しいような応対に加えて
凜とした一本芯の通ったプロ根性をも合わせ持っ
　ている女性
それこそ　今流行の数あるｓｎａｃｋの華でなく
　て何であろうか

Ｅｔｅｒｎｉｔｙと名づけられた店はもう無いけ
　れども
否、それがどんな店だったかも男は知る由もない
　が
それと名づけた者の志のよろしさ　当時の意気込
　みやおもうべし
よしや　純子はその閉店した店と何の関わりも無
　いとしても　女王様に相応しい
夜々があって　こうして男どもを今も虜にして
　いるのも現実なのだから
男は密やかなる永遠の美を彼女に見出し　己れの
　幸運と悲惨を垣間見るばかり

魑魅魍魎

1

夜明けの暗かった冬空が急に陽が昇るとともに明るんできた。郊外電車の外は寒気でも中は暖かい。（恋人からメールも何もなかった。昨夜は、早々と疲れもあって寝た。が、多分また営業マンの岡部がムード歌謡を歌って、示し合わせたシーサー似の仔豚野郎と彼女はｃｈｅｅｋ　ｄａｎｃｅをし、周りの目を気にして一見嫌そうな素振りでも外食したり何をしているのかもわからない二人は内心悦びにふるえてもいたろうかと想っただけでも男は嫉妬の気持ちを抑えられない。）

2

今日は恵美も入るから、恋人からのメールがあるかも知れないが、何も来なければ　あんな高い倶楽部並の店には行きたくなかった。五千円や一万円はすぐ吹っ飛んでしまうからだ。もう一軒の大衆居酒屋の三、四倍払わねばすまぬから、普通の人は殆んど避けてしまうだろう。明後日は、その居酒屋へ入る予定。と言うのも兵道のメールがとどいていたからだ。でも、その兵道だって男に関心があるんだかないんだか今一はっきりしない。美子みたいに積極的ではないうえに八方美人とわかって、男はがっかりもしていたのだ。

Shall we dance ?

情熱の薔薇

昨夜も純子と踊れた。男は幸せだった。ｗａｌｔｚしてからｃｈｅｅｋ風に抱きしめた。右手を背筋から後ろ首に伸ばすと彼女の髪に触れていた。さらさらとしてまるで五月の風みたいだった。かくも美しい女を抱いている自分が一瞬信じられないくらいだった。（彼女がなにか話しかけても今日は聞かない。喋らないぞ。）ママが二人のために歌ってくれているのだった。キム・ヨンジャの新曲「情熱の薔薇」だ。ラテンのリズムで、歌う度に巧くなってゆく。彼女がこころなしか太腿を少しいれてきた気さえした。あっと言う間もなく終わった曲に未練を残しつつ、二人は離れていった。

そこに舞台の空間だけが残された。

モロッコ

男は今宵も純子と唄ったり踊れたら、他に何も要らないと想った。（彼女が己れのすべてになっていた。）カミュの『異邦人』の前半、母が死んだという知らせの後、恋人と屈託無くアフリカの海岸で泳ぐ二人のように、クールに。印象的な明るい海と太陽、若い二人の砂浜が鮮やかに甦る。〈今日ママンが死んだ。〉にはじまるこの小説は、余りにも有名だ。

（続き、省略）

Size

愛に〝指輪〟を欲しいと言われた（それも小指用）
Ringって女の寸法を測らねば購えないものだ
と悟らされる破目になった
（迂闊な男だ）
下着もそうだ　BUSTの巨きさを智らねば贈れ
まい（つまるところ二人の合意が要る）
何れも女性の肌《はだえ》に付けるものだからだ
おいそれとはゆかない訳
結局、サファイヤの大粒なそれを（薬指用に変更
され）
後日、愛に買わされてしまった。

池樹の水は閑もりにけり

1

池水の緑は　どこまでも閑かに
白いブラウスの女子学生は十九歳だった
満州生まれの引揚者だと言ったが
彼も新入生だ
明治の夜明けとともにヘボン博士が創った大学に
入学したものだ
その裏の八芳園は学生たちに恰好の憩いの場所《スポット》だ
地下のグリルで飲み喰いも出来る
坂道を挟んだお寺には透谷の墓もあると聞く
裏の樹々に見え隠れしているのは母校の図書館だ

「わたし、死ぬことも考えたわよ」と、彼女
（どうして………？）
「虚しくて、生きていても何かとても苦しかった
　のよ」
（そんな歳頃だったんだ。十九歳って）
男子学生の方はその頃、なにか人世のすべてを俯
　瞰し得たかのような気分で上京していた

2

待ち受けているであろう明日を　未だ何者でも無
　い若さと葛藤
すべてが手摑みで、その実なに一つ自信も確証も
　得られない（未来を前にして）
自ずと白けてもいる自分への（目的の定まらぬま
　ま）
一方では、若さではちきれそうな己れのＥｎｅｒ
　ｇｙを持て余してもいたのだ
（こんな自分でもどうにかして生かしたい）
そんな時、
既に目的をはっきりさせて上京して来た　片田舎
　出にありがちな　変に自信家の男子学生に相談
　してみた訳だ
ゆかりは賢明だったたか

〈人生って何？〉
〈生きる意味とは？〉

絶望の正しさと嗅覚、指標と求めることの真摯さ
　と閃きに於いて
答えの無さに苛立ってもいたのだ
彼に近づいたのは（幸いだったろうか）

ある日、
D・H・ローレンスの「薔薇園の影」が好きだと
　彼女が言った時、
彼も鋭いなあと思った
「卒論は女友達《ともだち》と同じ『嵐が丘』にするわ」と、も
（さもありなん、さもありなん）
N助教授[*1]のE・ディキンソンへの見事な邦訳に二
　人で聞き入っていたっけが
教室で、目ざとく見つけて　躊躇わず隣りに座っ
　た彼女の（その眩しさ）
校門ではポンと肩を叩かれた「お早う！」って
　挨拶して笑顔だった
ある日、彼女がF教授[*2]に会わせるからと彼を連れ
　て入った（研究室）
初老の偉い先生のようだった（詩も書いているな
　ど知ったのは、卒業して随分後のことだった）

＊1　新倉俊一助教授。
＊2　福田陸太郎教授　一九六八年前後。

夕笛

あの頃は主題歌のある映画が流行った
歳頃の舟木一夫とともに青春歌を
西條八十の作詞と儚い一時の夢を
みんなが〈高校三年生〉だった頃だ

松原智恵子と共演するｓｔｏｒｙ
北陸の城下町や夏の能登の海などを
　背景にして

風光明媚を存分に取り込んだ

スペクタクル映像　それだけでも
紙芝居のように愉しめたのだ

北陸の城下町に咲いて散るさくら
お濠端を歩く二人は若いが
夏の海へ出るのも（能登の己れのふるさとに近い
　岩場だったりして）
岬の鼻で　蒼い飛沫を浴びて　バーベキューする
　若者たち
独り泳いでいた松原智恵子の肢体に　眼を皿にし
て

でも、
二人は結ばれない
出戻りの娘はやがて盲目となり（それでも一緒に
　なろうと誓いあうが）
男は肺の病で　没落した彼女の家の前まで来て
　倒れてしまった
落ち逢って　新生活へ旅立とうと（約束しあった
　のに）

お濠端の青柳も、街の夕焼けも、岬の崖下も（そ
　の記憶だけが残された）
そんな映画だ

筋は無い　否、あっても無いようなそんな筋書

＊「夕笛」日活映画　一九六七年　西河克己監督。

上州武尊山

男女四人で山登りの計画を突然言い出したのは友
　人のSだった

大学も二年目の夏休みに入る直前のことだった
家業が質屋とあって　Sがすべてを準備できるか
　ら往こうと誘われた
女子も二人誘うのだと言う　IとUだと知らされ
た
なんでも中途に母校の山岳部の小屋もある上州武
　尊山に登ろうというものだった
学生運動のグループで知りあった四人で　気心は
　互いに知れていた
それに二十歳前後の異性同士で登る夏山なんてロ
　マンチック過ぎて　想像しただけでもワクワク
　した
山岳部は春の五島列島でキャンプを張った折りに
新入生の突然死にあい　活動停止に追い込まれ
　ていた
Sは早速小屋を貸して欲しいと大学側と掛け合っ
　たが断られたとか
鉈を持参して錠を壊して入ろうと言いあった

沼田駅で列車を降りた四人は　未だ山裾のほんの
　入り口にさしかかっただけ
各々がリュックを背負って　延々とこれから歩い
　て登るのかと想うと自分は　気が遠くなりそう
　だったけれども
そこが若さと言うものだろうか　不安は全くなか
　った
この辺りは時々熊も出るんだと　先刻タクシーの
　運ちゃんに言われた

山あいの新緑にそんな物騒な感じも無くて　なんとも長閑《のど》か過ぎる八月の光景が拡がっているだけだった

歩きだしていくらも経たないうちに　背後から若いアンちゃんの乗ったトラックが登って来た
声をかけてみたら　同じ方向だからと気軽に　荷台に全員を乗せてくれた
千二百メートル付近まで走行した後降ろしてもらった　道の上をもう一つ這い上がると　山小屋はあった
その間に川崎高校の男の子二人組と出会っていた
テントをかついだ
本格的な登山姿だから圧倒された　一緒に泊めてあげることにしたら　女性陣は俄然夕食支度も　浮き浮きしていた

翌朝、高校生達と別れて　いよいよ四人が山小屋から更に五百メートル以上は登って頂上を極めることになった
眼の覚めるような白樺の樹々や高山植物　熊笹の生い茂った獣道みたいなところを
体ごと分けて進んだ　あたりは霧雨に煙って湿り気が人を覆っていた
ぐるぐると頂のまわりをまわっているように想えて　なかなか上に着かない
霧と小雨の雲の切れ間に　一瞬頂上が見えた　変わりやすい山の雲が次々人の足下に押し寄せてくる　不気味だった
悪魔のような雲と雲の間を縫って　急いで引き返した
登るときも　途中で足を滑らせた女性を両方から二人で引っ張り上げた

道の下は崖か沢になっていて足場がとれず　危なかった

帰りはまるで走るようにして　各々ばらばらにはぐれて降りて来た
ところが　草の原っぱに出たところで道が消えていた　辺りは急速に薄闇に包まれ始めていて
焦った　自分は途方にくれて動かずに元の位置へ引き返してみた

すると間近で人の声がした　ああ、助かったと想った

山小屋のすぐ近くまで来ていたのだった

超高層ビルの時代

今頃になって　グラグラ動きはじめた右奥下の冠歯の冠
右上　右下
左上　左下
西新宿の超高層ビルに勤めていたぺいぺいの時代の頃だった
三井ビルの隣りのセンタービル五階に歯科医院があった　たまたま
妙齢の匂うような美人医師が担当だった
優に三ヶ月は隔日に通わされたのだが　しっかり拵えてくれたものである

大窓からの陽光に白いワンピースが透ける制服に
美しい胸と若々しい吐息とやさしい言葉が何時

も男の真上にあった

そんな歯冠の列も　せいぜい持っても五年か三年
とたかを括っていたものだった
寒気にはいると　実際それぐらいで疼き出したか
ら　何回か外される覚悟で　都内の別な勤務地
区の歯科へ駆け込んだものである

もう駄目なのだろうと
その度に歯冠のなかは大丈夫と太鼓判を押されて
帰ってきた

あれから三十有余年

今では下の奥歯を両方とも失い　それでも義歯は
拒み続けてきたのであった　じじむさいと

近頃　漸くぐらつきはじめた
一本は抜かずにはいられないと言われてしまった
長年月の前歯への加重な噛み合わせ時の負担、ま
た下奥歯が無いための両上冠歯の弛みが出てい
た

部分義歯を新たに作って(前のは使わずに捨てた。
粗雑な医者だったし)しっかりと下の奥歯のが
らんどうを支えてもらい後十年以上は
彼女の冠歯に頑張ってもらいたいと密かに願っ
た

どちらが先にくたばるかだろうか
「入れ歯は子供だってしているよ」と今回のご高
齢な医師に言われてはっとした
今度は上手で丁寧に、納得いくまで直してくれた
前の差し歯も見分けがつかないくらいに理論派

で巧かったし

あの美人歯科医師の記憶とともに　今更外すより
も　共に耐えて彼女の冠歯とともに更に生きて
ゆくことを選んだのだ

Ⅱ　3・11後

奥尻島の夏

奥尻
イクシュンシリ
一夜でフェイマスになった
バイロンのように

ニュースが流れる
聞き慣れない町長の声が〈青苗地区〉という
地名を繰り返した全国津々浦々のテレビに
江差沖六〇キロの島からの発信者
〈詳しいことはよくわかりません………島中停
　電しています………地面も道路もいたる所寸
　断されています〉
訛りのある闇のなかの落ち着いた声だ
一夜で
さらに人の窺い知れない面体を覗かせ始める
沈黙の闇にヘリコプターの羽根の音だけが海に響
いた

惰眠を貪る一九九三年の日本列島
ぼくたちを震撼させた

松前の地図を拡げてみても頁を遠くはみ出してい
る
つつましい島
短かった愉快な子供たちの遊び声
神の居た海際の暮らし
ほとんど見捨てられた浮島の夏
その日まで営まれ続けたものらに

マグニチュード7・8　大火災
二一メートルに及ぶ津波
死者・行方不明者二三一人

いま
ぼくたちの島ともなった奥尻島
イクシュンシリ

Summer on Okushiri

Okushiri Island
"Ikushunshiri"
Famous overnight
Like Byron
The news comes
To televisions throughout the land
With the unfamiliar voice of the mayor
Repeating the name "Aonae district" over and
over

The voice from the island sixty kilometers off
the coast of Esashi
"I don't know the details?? All the electricity is
off??

The ground, the roads, everywhere is torn to pieces"
The voice coming through the darkness in a heavy northern accent
Is calm
In one night
We begin to glimpse a face unguessed at until then
In the silent darkness only the sound of helicopter propellers
Echoed across the ocean

Sunk in torpid sleep in the Japanese archipelago of 1993
We were shaken awake

Spread out a map of Matsumae and it's at the very edge of the page··
This modest island
The happy cries of playing children all cut short
The life of those who lived along the shoreline, with its gods
Summer on this almost forsaken floating island
Then upon those who'd carried on their lives until that day

A magnitude 7.8 earthquake, conflagrations
Tsunamis 22 meters high
The dead and missing: 231

Now
It's become our island too—Okushiri
"Ikushunshiri"

Yamagishi Tetsuo

Yamagishi Tetsuo (b.Ishikawa Prefecture) graduated in English Literature from Meiji Gakuin University's Faculty of Letters. He is a member of the Japan Poets Association, The Japan P.E.N. Club, The Japan Writer's Association, and Ganymede: the Society for Futuristic Tanka. He is the publisher and editor of Yurikamome (Hooded Gull), a poetry magazine launched in 1997.

(Translated by Paul McCarthy)

〈想定外〉などとうそぶくなかれ

まるで他所事のように　言い訳をした東京電力は
　今回の原子力発電所の姦についても
これまで、国民に〝百パーセント安全〟を宣うて
　きたのだ
御用学者、企業、前自民党政権のお歴々共には
　いくら土下座されても　地元住民は飽き足りな
　い

三陸海岸の港町を総舐めにしたマグニチュード
　7・9～9・0の地震と十五メートル以上の大
　津波は、天然の良港を悉く壊滅させてしまった
加えて、福島第一原発の相次ぐ爆発は　空にも海
　にも放射能を撒き散らし続けている
そして、かくも安易に専門家の間から〝想定外〟と、
　言われた時　日本国民はみな唖然とし、
　一瞬背筋も凍りついただろう
（一体誰に対して怒り、保障を求め、これからの
　復興と再生を図ってゆくのか）
誰しも感じたのは　気の遠くなるような大自然の
　猛威と人災だ
平成二十三年五月十八日の朝日新聞による東日本

の〝被害状況〟
（死者　　　一五〇九三人
　行方不明　　九〇九三人
　避難　　　一一五四三三人）　とある
退避させられた地元住民の　農業も漁業も　職業
も　生活日常もみな奪われてしまった
（未だに先が見えて来ない）
放射能は、日本列島を今も黒雲のように覆って
大気圏を　海や山や平野を汚染しているのだろ
う（人間の目には見えない）

美しい女《ひと》

昨夕　日本のベアトリーチェに出会った
打ち続く大きな余震にふるえる日本列島では
　断続する電車の中だった
三十前と思われる美貌に　立ち居振る舞いが
　やさしい人だった
穏やかな声音で〈席をどうぞ〉と、言ってきた
（初対面だった）
空いた席に彼女が坐った　その前に自分が立った
　時だった
でも、花粉症をマスクで被って　やや苦しげな表
　情を垣間見て
断った（自分ではそんな歳ではないと思ってい
　る）

さらにすすめられたので　〈じゃー、あなたが降
　りたらね〉と、答えた

そのうち彼女の隣りの席が空いたので　坐れた
郊外に向かって黄昏の中を走る電車の乗客は一時
　増えたが　また空いてゆく
（日頃　若い人には邪険にされる中高年の一人で
　もあるが）
日本のベアトリーチェに私も話しかけていた
買い出しや地震のこと　大津波のこと
〈怖いわー、こわいわー〉と、本物の怖さが　真
　底　身に沁みたように
　彼女は私に告げていた

ベアトリーチェが降りた後も　いよいよそのうつく
　しい声音で私の耳朶を打ち続けていた

＊　二〇一一・三・一一　東日本大震災発生。

テロリスト

ａｌａｎの「悲しみは雪に眠る」の唄で終わる
『桜田門外ノ変』はなかなかなものである
監督は佐藤純彌、関鉄之介役や柄本明が演じる
歴史への感傷や妙な義理立てもない　それでいて
『劔岳』のような記録への拘りも感じさせない
僅かに男女のロマンを加味しつつも　よく抑えて
一八六〇年三月三日の変事へと一気に突っ込む

珍しくしんしんと降る大雪に　朝の桜田門は堅く
　閉ざされていた
嵐の前の静かさか　銃声いっぱつ

やがて四十余人が入り乱れて死闘しあう　幕末の
　テロリスト達は十八人
駕籠の中の大老・井伊直弼の首を上げる
やがて、
国を追われた十八人は　悉く斬首される
回天の夜明けは未だまだ来ない

＊『桜田門外ノ変』cinema　二〇一〇年　吉村昭
　原作。

被爆したマリア様の首は幾体

1

師（死）の家の記憶が蘇える
七月、
父や母の死も蘇えるよ
八月、
巷に原爆忌を悼む声もか細くなったこの頃
オバマ大統領が〈核廃絶〉について演説した　ミ
　ユンヘンで
（その時、何も言わなかった日本政府）

一九五八年、被爆したマリア様を天主堂もろとも
　掻き消し去った
　市長が居た
長崎市、
住民の目に触れなくしたのはアメリカ人では無い
　（GHQでも無かった）
日本人だ、それも一ヶ月のアメリカ招待旅行の後
　だったとか

（そこで何があったのか?）
週刊誌[*1]で今頃　初めて知ったとは
（消された天主堂の建物とマリア様の首、首、首、
　首、首、…………）

2

一九五三年、被爆した天主堂[*2]の前で元気に縄跳び
　して遊ぶ子供たちの声、声
広島では、
今日も原爆ドームが淋しげだ

3

（それとも、日本人の信者同士がそう願ったのか）
放射線で黒焦げのマリア様の首をすべて隠し、瓦
　礫の壁を崩し去ろうと、
ハンマーや万力だけでは　想い及ばないはず

4

ところで、被爆したマリア様は一体では無かった
　ことに驚く
（そんな事も知らないで）
今も昔も敬虔なクリスチャンが多いと言う
長崎、
嘗て天草四郎時貞も登場したっけ
原城も近い（信徒と共に抗って　殉教した）

原子爆弾の投下は〝大いなる決断〟ではない。思い悩む必要はなかった。
――ハリー・トルーマン大統領[*3]――

アメリカの国民は大方が清教徒《ピューリタン》だとか　トルーマン大統領の命令で
原子爆弾を二発試した
（平地と山あいでは　何《ど》んなか知らん）
（人間への効果は　何うか）
一九四五年八月六日　広島に、九日　長崎へ

何故か、
アメリカでは　エノラ・ゲイはO・K・　キノコ雲もO・K・
でも、〝被爆状況〟については今でも〝展示〟反対だと言う

（アメリカで大ぴらに見せてはいけない）
何故って、彼等もみなさん、善良なるクリスチャンですから

（二〇一〇年八月）

＊1　「週刊朝日」二〇〇九　八・七、朝日新聞出版。
＊2　『長崎旧浦上天主堂　一九四五～五八』
写真 高原至　文 横手一彦　岩波書店　二〇一〇年刊。
＊3　『カウント・ダウン・ヒロシマ』二〇〇五年刊
スティーヴン・ウォーカー　横山啓明訳　早川書房。

村田正夫の死

村田正夫が死んだ

一匹狼、

孤高の詩人、

自宅を訪ねてよく缶ビールを飲み合いつつ
　話し込んでいたあの若造が俺だった
（麻生直子さんも同席）

詩界への先導を果たしてくれた
詩人としてのマナーを厳しく言われた
都会人らしく軽妙洒脱で
　田舎者の自分に忍耐づよく話好きな一面を覗か
　せた

稀有な諷刺詩を世に発表し続けた

大先達なのに　余り栄誉は求めなかった
〝潮流詩派〟の旗を最後まで降ろさなかった

（二〇一一年）

長谷

それは
炎帝も　かくやと思うような
猛暑の　午後　だった

長谷の大仏様の裏手のこんもりした
樹々の坂道は涼しかった
二年前に逝かれた先生の邸宅に　とうとう入れた
　私達
然し、主人《あるじ》の居ない館に入っても
何になろうぞ
城跡を廻って　往時の武士《もののふ》を偲ぶのに似る

空虚　そのもののような
二十畳程の洋間をぶち抜いた応接室で
三十余名のファンと共に　聞いた風な評論家の話
　が続いた

窓の外では
中庭に真夏の陽光がこぼれる
植木の蔭ばかりが気になった
　　　　（二〇〇八年、作家、早乙女貢逝く）

七夕に届いた招待状

唐突に
小さいが几帳面なペン字の封書が届いた
切手は、
ドイツの港湾ＤＯＣＫなのか赤い梁が印象的だ
（送り主を見て男は仰天した）
〝宇露路板男〟という一流詩人からだ
四十年前に母校のｃａｍｐｕｓで見かけたと言う
　だけの
当時からｒａｄｉｃａｌな詩人、且つ助教授とし
　て夙に有名だった
職場に近い書店の八階ではじめて朗読を聴いたの
が
ほんの一年前だったたか
（学友の恩師でもあったが男と学部は異なってい
た）
封を切ると便りは無く、中味は招待状の印刷物に
　過ぎなかった
が、京橋の画廊で行うとあったので出向いた

この前、
サインや握手を求めた後で、自分の本と手紙を送
った
（彼の姿勢が四十年来変わっていないことに感動）
（詩の方はどんどん魅力がましているのも良い）
とある詩誌でいま、一緒になれているのがきっか
けだ
（てんから無視されているものと疑わなかったの
に）
今回は朗読の後、詩人自ら持参の赤ワインを一本
開けてみんなにふるまってくれた
（二〇一一・七・一三（水）京橋にて）

八月のひかり

二等兵のくせに士官みたいに愉し気に写りゐし父
の不可思議
あくがれの満鉄の写真か　国民学校優等の父に
何時も同僚と愉し気な笑顔の父ばかりゆめ多く友
多くして
満州や樺太の写真もゆめか壮大にして病を得たる
戦争
一家全滅の危機に戦後のペニシリンで救われゐし
われ独り

父と戦争

兵役にとられ村の知友等と撮った写真は何れも

凛々しい。人のため、国のため、天皇陛下のためと教わって、それを信じて出征へ。ペン字も綺麗で、見るからに眉目秀麗な父の遺影とは似ていない自分が不可思議だった。敗戦後の病を養い晴耕雨読の日々、手帳に記されていた一首の下手糞加減には卒倒した。こちらは似なくて良かったと勝手なものである。

私の父は、田舎の国民学校を優等で卒業したらしい。学力優秀、体格壮健であるとの賞状を見たことがあった。でも、その後は金沢市内の陸軍病院なのか、雪の日に同僚と談笑しあっている病棟での写真ばかりが目立って銃後は思うに任せなかったようである。中にはロールスロイスの前に立つ女優さんの写真らしきものや満鉄のアルバムや樺太のそれとか、こと志と相容れぬ現実が痛ましい。金沢近郊の女工をしていて胸を患い、父方の一家を全滅に追い込んだ妹の菌が、多少余裕のあった財産もうち続く葬儀で消尽したとか。抗生物質のお蔭で、辛うじて私一人生き残った。父は三歳の時に、母は五歳の時に、そして利発だったという実姉も私が六歳の時に他界した。この間のことはその後、母方の祖母が私の育ての親になってから近在の人々に何千回、否それ以上語り聞かせた。誰も泪無しには聞いておられない。寺の小僧にするという話もあったが、不憫だと祖母が引き取り五十三歳から私が三十過ぎるまで見守ってくれたのであった。所帯をそのために嫁に渡さずかなり恨まれたりした。私は祖父母をはじめ伯父や叔母等に可愛がられ何不自由なく育ったのである。後年争いの種になるなどとユメにも思わず、そうした美談や悲話のまかり通った良き時代でもあったのだ。祖母は秀才（と言っても片田舎の中学時代ではたかが知れてるが）と言われる町の噂に生きがいを感じ、孫のために街一番の店で、何時も最上等の学生服（当時のはやりがテトロンだった）を購ったりした。

東条のお孫さんの発言は〝靖國〟と〝戦犯〟について（振れるわれわれ）

もう一首後日作った歌がある。敗戦後のわが家系の生き残りとしても、靖國神社の問題は避けて通れない。戦勝国が敗戦国を裁くというインチキ裁判の事もある。天皇制と官僚機構は残して、日本国の支配に有利に利用したアメリカ占領軍の亡霊は現代も政治のアキレス腱となって残されている。天下りで八億円もの生涯賃金をもらう人と百三十万円の年収で〝重課税〟、〝扶養外し〟となる庶民を比較して見よ。すべてが血税の所以である。

私にとっての〝戦争〟とは二十九歳で亡くなった（私は三歳）父の写真であろう。召集されて、陸軍病院で病を養っている時の、父の同僚達との如何にも愉しげな写真がある。死の病を得たというのに。暗い世相との余りなコントラストの深さが今も私には謎のままである。

小さな結婚式場

伊勢丹デパートの裏を廻って少し行くと　街灯に紛れてそのビルはあった

五階建ての　夢の城みたいな造りだった

そこの二階で家族は暫く待たされた

（両家のみ）

やがてエレベーターで四階に昇らされた

入り口の重そうな木の厚い扉が左右に開くと　式

が始まった
Ｗｅｄｄｉｎｇ　Ｍａｒｃｈと共にシンデレラ姿
の長女と燕尾服をばりゅうと着こなした花婿が
静々と祭壇に向かって歩いて来た
両家の惜しみない拍手のなかを
二十代と変わらぬ肌がむっちりとして　銀色の絹
のドレスに軀を引き締めて
花嫁の頬がぽーと紅く染まっていた
目頭を熱くした父親が彼女が長く引いたドレスの
裾を少し持って
思わずその光沢と感触を確かめてみた

華燭の典は　未だ続いていた
私たちにも簡素な中にも二人のこれからが希望に
充ちたもののように想われた

Ⅲ　きみの居た街

虹

冬の夜を　マイナス何度Ｃでも下がる　（闇の
中から）
唐突に　海の向こうから
きみの声が届いた　（直ぐ混線がはじまり）
地球の周りを飛び交っている電波のひとつとして
囁くように　音楽みたいに　電波と電波の狭間で
途切れたりしても

（許せるのだった）

それでも　きみ自身は　良い声となって
私の耳朶をふるわせていたから
海の向こうから　こちらまで

（ああ、居たんだね）と、男は思い

この地球の別な土地と国とでは
今夜もはたらいたり、休憩したりしている　きみが居て
そのことが　不可思議なもののように思えたのだ
（ああ、……アナタね）と、女は言いたげな
それは私とても同じことだから

「何うしてる」なんて
「会いたいね」と、言いたくても
「あえないね」　海を越えて
「どうしても」とも、言えないまま
お互い　言わずもがなの（言葉を呑み込む）

まんじりともせずに

무지개

겨울밤을 마이너스 몇 도로도 내린다 (어둠 속에서)
당돌하게 바다 저 편에서
네 목소리가 도착했다 (큰 혼선이 시작하고)
지구의 주위를 난무하는 전파 중 하나로서
속삭이듯 음악처럼 전파와 전파의 틈에서 중단된다고 해도
(용서해 주겠다)

그런데도 네 자신은 좋은 목소리가 되어
내 귀청을 떨게 하였기에

바다 저 편에서 이쪽까지

(아, 있었구나)라고 남자는 생각하고

이 지구의 다른 땅과 다른 나라에서는
오늘 밤도 일하거나 쉬는 네가 있고

그것이 불가사의하게 생각되었다

(아,…… 당신이군요)라고 여자는 말하고 싶은듯하다
그것은 나도 마찬가지니까
'뭐 하고 있어?'라든가
'보고 싶다'라고 말하고 싶어도
'보지 못하는군요' 바다 건너
'어떻게든'이라고도 말하지 못한 채
서로 말하지 않아도 안다 (말을 삼킨다)
뜬 눈으로

야마기시 데쓰오 (山岸哲夫)
시집 『경복궁의 하늘』 등. 시문학지 『유리카모메』 발행인.
일본현대시인회, 일본펜클럽, GANYMEDE 회원.

(Translated by 韓 成禮)

若宮御祭り

千二百年の秘事が撮られると、

春日大社の行事と祭りの行程を
わたしには日本中のお仮小屋への神渡りの原形
（ｒｏｕｔｅ）もそこに在るよと想われた

それは、
深夜　里山深く　入り込んだ　宮司が異様な声を
低く辺りに轟かせながら　神の道を用意してゆ
くところから始まる

そうやって、
平安の都で藤原氏の勢力図が　鹿島を北限にして
いたことが自ずと解かるべくそこを出発し

広大な都の麓の山あいに到る　神霊は人とも獣ともつかぬ聲をば発しつつも
人知らぬ間に　導かれ　やがて社に鎮座する
山往くときも　闇間をまるで飛ぶがごとくにして
榊で御姿は隠されたまま　人里に決して露わにされることは無いのだ
抗い難い　大自然の神秘を逆手にとったとも言えようか
幻想の世界、今も霊力の支配する　春日山の　元旦　が　明ける

（二〇一一・一・一　ＮＨＫ放映）

メダル

奥利根のホテルで
小さな川筋に石を並べて　ひと時の池をこしらえ
今しも　野鴨が五羽の子を連れて渡って行くとき
都会の灯を遠く離れて

この渓川に沿った露天風呂の宝庫は
エステも手土産売場も遊技場も無い山間にして
（女がそれらを愉しまむとするに酷なれと謂おう）

山あいの湯治場さながらに、ひたすら湯に浸り
戸外の雪の残る　山肌を仰いで
寒気を全身に感じつつも（足から腰がぬくまるとき）

それらが恋人との記憶の一つに　昂められてゆく
遠い日の二人のメダルともなろうか

ロシアの貴婦人

そこで僕は武蔵野は先ず雑司《ぞうし》ヶ《が》谷《や》から起って線を引いて見ると、それから板橋の中仙道の西側を通って川越近傍まで達し、君の一辺に示された入間郡を包んで円《まる》く甲武線の立川駅に来る。[*1]

とある日の　それは週末のことだったが
郊外電車で帰るなか　初めて本物のロシアの貴婦
　人を見かけた
（その時の驚きは）
その容姿と気品に圧倒された（偶然とは言え）まるでトルストイやチェーホフの小説からでも抜け出した具合であったから
二人の成人した娘と三人で
楚々とした婦人たちに　日本人の初老にちかいこれまた品の良いご婦人（外交官夫人でもあろうか）
低く抑えた声で話しあっていた　それは一幅の
　画だった

冬の初めに公爵令嬢マリヤがモスクワに着いた。[*2]

私はすっかり感動してしまい　この後の黄昏の中
をご婦人たちに何処までもついて行きたい気分
さえ覚えた

郊外電車は他の人々も乗せたまま　武蔵野の野の
　中をひた走り
秩父山麓を目ざして往くのであった

　ふた月すると、わたしは大学に入った。それから半年後に、父は（脳溢血《のういっけつ》のため）ペテルブルグで亡《な》くなった。母やわたしを連れて、そこへ引移ったばかりのところだった。死ぬ二、三日前に、父はモスクワから一通の手紙を受取ったが、それを見て父は非常に興奮した。……彼は母のところへ行って　何やら頼《たの》み込《こ》んだ。そして聞くところによると、泣き出しさえしたそうである。あの、私の父がである！　発作の起る日の朝のこと、父は私に宛てて、フランス語の手紙を書き始めていた。『わが息子よ』と、父は書いていた、――『女の愛を恐れよ。かの幸《さち》を、かの毒を恐れよ』……母は、父が亡くなったのち、かなりまとまった金額をモスクワへ送った。[*3]

*1　『武蔵野』　国木田独歩　岩波文庫。
*2　『戦争と平和』　トルストイ　工藤精一郎訳　新潮文庫。
*3　『はつ恋』　ツルゲーネフ　神西清訳　新潮文庫。

小春日和に

二人で〝バースターズ[*]〟という映画を観た
公園の裏の閑かな館で三時間（巧い展開で、二人
　にはあっと言う間だった）
その先には穴場的な不夜城の街が思いがけなく開

けていた
黄昏に向けての準備に入ってせわし気だった
館内で　男は女の手を時々とり　そっと相手も指
を握り返してきた
その前に　駅のイタリアンレストランに入り　女
はスパゲッティを
男は生ハムに白ワインを食した
久しぶりの愛の営みの後ではなにもかもが美しか
った
互いに何の憂いも無かった（かれこれ二年間海を
隔てていたのだ）
離れていた間も　恋人はｖｉｒｇｉｎを貫いてい
たのがわかった
「調子に乗って　災いが降るといけないから」と、
男は女に告げて
その後のよていを断った　その日そこで別れた

＊ｂｕｒｓｔ（破裂、爆発）。

上野精養軒にて

公園の樹々にもはや黄葉の気配が濃くなった
その一角に
（オーナー社長の四十九日法要で寺に招かれ納骨
を済ませた）
ここに招かれたのは十六人
会長の時も同じくらいの員数ではあったが（帝国
ホテルの一室をかりたっけ）
何れもフランス料理のフルコースで（私はビアー
と白ワインを追加した）

けれども、メンバーはがらりと入れ替わってしまい
あの時は、父方の伯父、伯母が幅を利かせて　孫の嫁さん方もだんまりだったなあ

今日は、亡き社長の奥様方の親戚や旧友と仕事関係の私達
房総の海の家での故人とのエピソードを話す友人が二人
早慶戦での隅田川のレガッタの自慢話は、奥様の妹の夫で医師のY氏
妹御の見るからに気品の漂う凛とした美女ぶりに圧倒させられる

途中から話に分け入った私が、
〈熱い物は食道に悪いそうです〉と、病院関係の方々を前に余計な蘊蓄を

正面左の彼女が引き取って〈じゃー、辛い物もそうよね〉と、おっしゃる
（視線が合った）
〈そうです、そうです〉と、答えた
〈天皇の御膳には出されないとか、ものの本にもありましたよ〉
〈まあ、ぬるいものしか食べられない訳ね〉

先程、長女が大事に　抱えてきた生前の社長の遺影を前に
ひと時
みなの思い出話が　汐のように盛り上がりまた引いていった

七夕

なにも要らない
彼女のためなら
なにも要らない
と、思った

そこに居るだけで
彼女がそこに居てくれれば
自分は幸せだと

その夏

私の生命のかげが薄くなっていった

詩集『未来《みく》の居る光景』（二〇一七年）抄

(1) 天使も踏むを恐れるところ

天使も踏むを恐れるところ

1

「先ずｍｅｎｕ表見ますか」と、彼女に言われた
「見せて」と、男が答えた
〈Ｊｉｎｒｏ（焼酎）￥３５００〉を覗いて、ま
　あまあ並の値段かなあと踏んだ

どちらかと言うと　ふっくらした彼女の胴体

上背が高く思われたのも　ハイヒールのせいだ
　と彼女　　身長は155㎝だと言う
（さすれば体重は50㎏あたりだろうか）
「体重は」
「まあ、レディに対して、、、、ね」
男の方は今162㎝の58㎏くらい
表情が明瞭で美形だった　如何にもやさし気で聡
　い眼差しをしている女だと思われた

昨夜　大衆居酒屋にママと二人連れで入って来た
　ものだった
（その時　目ざとく男も綺麗な女性だと感じた
　好みだった）

それぞれとｄｕｅｔしつつ　男は翌日彼女の店に
　寄る約束をしていた

2

今年　若葉大通りの角の花屋と台湾店の間の狭い
　屋台風な店が軽快さで若い人に受けている
そこのママが彼女の義母だと言う　実父が上のパ
　ーマ屋とその店のオーナーだとか
自分は三人娘の次女だと

「ねぇ、なにか趣味とかあるの」と、男
「ふかふかした布団に寝ることかなあ」
意外な彼女の答えだった
因みに男の母校の第一期生の島崎藤村を知らない
　と言われて　　男は絶句したのだった

またとない

私は腕をロウジーの腰に回し、口づけした。ロウジーの唇は春の花のようだった*

連絡が入らないからと男が北向きの寒い一室のbedに横たわっていたら少し睡くなってもきた
（21時）
（counterはむろんのことbox客で混んでてメールどころではないのかと）
けれども未だ長い冬の夜を空しくして　男は本気で眠れそうになかった
（21時　30分）枕もとの携帯電話がいきなり光を放って顫動しだした

「混んでいません」との近所の女子大生　佳代からの着信が入ってきた
店に出向くと、
誰かと会食があって彼女自身も30分遅れて入店したのだとママが話してくれた
そのために彼女のfanのUも少し後から来たTも（明日はゴルフとか）
彼女と二人も入れ違いになったようだった
そうやって　強力なrival達が早々と退店したため　男には正月早々幸先　良いことに思われた
飲んで駆けつけ二、三曲二人で歌おうなどと言っているうちにも　カウンター九人の他にBox客が四、五人入って来てしまったから
即、
佳代をそちらに攫われてしまった

けれども　今宵の客は殆んどうたわず　お話ばっ
かり（加えて初めてだからか　妙におとなしか
ったりして）

しびれを切らす前に　男は思い切って彼女をｄｕ
ｅｔに誘って奪い返した
人目を憚りつつも　その腰に腕を廻して21歳の
彼女のＢｏｄｙを感じつつ　また離したりし
て　うたった
腕をとったり　髪に触れてみたりした　その
間男は今日も己れの肉体に稲妻を打たれた

＊　サマセット・モーム「お菓子と麦酒」　厨川圭子訳
角川文庫。

未来の居る光景

1

今の自分は未来《みく》がすべてなのに
（巧く相手に伝えられないでいた）
マトリョーシカ（未来の髪毛を入れていた）やＮ
ｅｔ（ｍｙ　ｂｏｏｋｓのＣＭあり）の話はと
もかくとして
〝文士の墓〟については彼女を関わらせるのは今
のところなかなか困難だと思われたのだ
けれども、未来自身が積極的に関わりたいのなら
ば　すべてを考え直さねばならないとも
（男も考えてもいた）

2

早目に着いたらしく道路の反対側からＴｅｌ．してきた彼女に
駐車中の車ばかり目で追っていた男ははじめ気づかなかった
白のチュニックの服装で若々しい未来　爽やかな夏姿の笑顔にも
中高年の男は外光の下で照れくさくみすぼらしい（忸怩たるものがあって）
男が「なんか恥ずかしいな」と、呟くと
「そんなこと無いわよ」と、彼女の屈託のない返事が返ってきた
日ののびた午後五時半の街はまだまだ明るい
テーブル席に一組しか居ない開店したばかりの吉鳥店（焼き鳥ヤ）に入った
父親が昔からの友達だと言うマスターは如何にもその道の通人って感じの六十代だった
「未来の彼氏かい」と軽くからかう風だったが
「俺もなりたかったなぁ」などと冷やかしたり（上手だ）
けれども、明るい物言いに棘は無い
「女の人が一杯居るのよ」と、未来が男にすかさず耳打ちしてくれた

3

自然なｃｏｕｐｌｅとして振舞うにも　未来は三十二歳だ（こんな草臥れた中高年でも）マスターには紹介したかったのかしらん
（私、最近良い友達が居るのよとかなんとか）
マスターが　なんと「あの小説書く人ですかー！」と、初対面なのに男のことを言い当てたのでびっくりした

多分、新刊本の『純子の靴』を誰かが店で噂にしてくれたのかもなぁ

吉鳥店を出ると　二人で歩いた
彼女の仕事先のｓｎａｃｋ店に向かった

トルストイ邸

「あの白い家は何？」と、恋人から早速反応があった
知り合って　初めての写真メールを問われているのだった
「あれはロシアの文豪　トルストイの邸宅だよ―」
と、男は答えたものだった
ヤースナヤ・ポリャーナ近郊を訪れた生前の辻井喬の旅が再放映*されていたのだった
林の中の緑の草地に盛り上がった一角に深紅の花が添えられていた
また彼の孫と話す氏の表情もとても和やかなものだった

今も残るトルストイアンのおちこちの村と人々
広大な草原や森、そしてシベリアの湖の畔にトルストイの理想を信条として今も生きている人々の跡を辿る
詩人の言葉があった

＊ ＮＨＫ　ＢＳプレミアムにて再放映　二〇一五年一月二十日。

秋の空

秋晴れに　河川の鉄橋から覗いた流れは澄んでいたが　小魚は見えなかった
十一時半にハンバーガー店でとの愛のメールに男も従ったが
今回も彼女はやはり十五分　遅れて来た

知りあいから譲られたと言う車の若葉マークもかわい気なワンボックスカーは音も無く窓外に停まった
先刻、男は国道から小高く上った神社の境内で向かいのスーパーマーケットで買ったカレーを食べていた
二人で軽く珈琲を飲む午前が今では男の密かな愉しみだった

彼女は飲み物の他に必ず頼まないホットドッグなどを買って食べさせようとするのだった
男は彼女の車に同乗した
彼女の家の前の駐車場で降りて先に玄関に立った時　ドスンという物にぶつかる鈍い音がした
　思わず振り向くと
車の前のナンバープレートが壊れていた（後ろにも疵があったっけ）

「この前から近所のおっさんがじーと私の車を見ているのよ、失礼しちゃうわ」と言って彼女が笑った

オテロ

（1）オテロ

大好きな俺のデズデモーナよ
そのためにきっと妬けてやけて
やがてはきみを憎むことにもなろう
おお、俺のデズデモーナよ
自分も何時かは　黒ん坊のオテロになってしまう
　のだろう

（2）写メール

つつみ隠さず　男に今を伝えてくれた彼女
仕事で走行中の車の運転席の内側から道路のｐｈ
　ｏｔｏを速写して来たのにはただ感動した
〈嘘じゃ無いよー　何事もないよー　愛してるわ〉
　と、心から密かに叫んででもくれたように感じ
　られたのだった
男の方から絡むように　ぶっきら棒なｍａｉｌを
　ぶっつけ　怒りと疑念に満ちた感情を露にして
　いた
即座に謝り　反省の追伸を送ったのだけれども
　偽りの無い女の直言に自分への愛を悟った
昨夜、いやに親しげに店のｃｏｕｎｔｅｒであな
　たと会話しあってた別な男共は
一体あなたの何でしたかななどと言った類の失礼
　な質問を　腹立ち紛れに　あえてした
（彼等の名前を教えろと言い直したに過ぎない）
（さもしい男のｍａｉｌ発信と自らの失意があっ

た）
それがあなたに何の関係があるのよと　彼女に頭
から無視されても
男には言い返せない断りだったからだ

（3）彼女の場合

男は既に
殺してやりたいくらい　その女を好きになってい
た
男より　はるかに若く　客の若手と嬌声をあげて
愉快に弾けている時など　狂ってしまうのでは
ないかと　自分を怖れた

二児の母親で昼間も働いていて　週末だけｓｎａ
ｃｋ店で　ママを手伝っているのだった
片手間だから　客を追いかけたりしないが　十六
年目と言うから顔なじみも多いのだ
新参のホステス達のカバーに入ったり　ママの右
腕格だからと何かと忙しい
それで、いきおい混んだ夜など男も余り構っても
らえなくなる日も出てくる
マイナンバー制度が実施されたら　もう若い子が
来なくなって　閉店　ママも独り居酒屋に
鞍替えするしかないわと　ぼやいていたが

女の城

彼女がこういう所に住みたかったのだと男に言った
五月　水田という水田には水が張られた　家庭菜園が出来る
「今度は紫蘇とか植えてみたい」と、言った
何時もの健康そうな笑顔を見せつつ　ジムに通ってるんだ　とも
「少し細くなったでしょう」（腰まわりや腿のことを言っているのかも）
「そうだね。良いね。　でも、畑って　お金ばかり掛かって　肥料とか殺虫剤とか大変だよなあ」と、男は答えていた
下の　国道から風が入って来て　午後の日差しは未だ高く　玄関口に燦々と降り注いで　逆光が屋内をうす暗く見せていた
ｃｏｕｎｔｅｒの外側で男は発泡酒を飲みさしつつ　内側で恋人は洗濯機を廻したり　干し物したりしながら話しかけてくるのだった

櫓

櫓　がすっとそこに建っていた
閑かな濠とさくらの樹々の下で
白亜の壁は

まるで　聡く明るい恋人のようだった
否、否、一羽の鷺とでも称すべきか
今年の卯月の午はそのようにして過ぎたのだった
男は初めて祝福と言う言葉を思い浮かべた
濠の古色蒼然とした水面に浮かんでいる鷺のように
二人は恋に陥っていたと言うのであろうか

「風になる」

まあまあ客は居て　　深夜になってもその日は踊れなかった
彼女が「風になる」（「猫の恩返し」（animation）の主題歌）をうたう時も　男も誘って
ぴたりと寄り添ったその胸を感じたのだ
戦くような旋律を微かに覚えつつおとこはマイクは右手に　左手を握りあった
（力を少し加えたり弛めたりして）
また彼女の腰に手を廻した時の愛情に包まれるような感じが
「わあ、未来ちゃん、これ覚えたよー」と男が言って
「どこが？」と彼女が嘲笑った
以前は全くついてゆけなかった曲だったのに
男としては初めてしっくりいったのだが
他のどんなデュエット曲よりも二人だけの歌を持てたと言う悦びだったろうか

counter

カウンターの
何時も左の席を一つ空けておきたい
何時でも　きみが坐れるように
無遠慮にそこを占めた男に　今宵の災いあれかし

そうやって
二人は坐り
きみはぼくの煙草を咥えて　火を点けてから手渡す
それを男が吸いだす　（至福の時）
「Ｂｅｅｒをもらうよ」と、恋人が続けて言う
「いいよ」と、男

二人で何杯でも飲み合う
デュエットする　時々ｄａｎｃｅの夜も
（二十六歳も差のある男女に　幸いあれ）

美しい人

「てっちゃん」と向こうで未来《みく》が呼んでくれたので暫く彼女と踊れた
「ママ、〝抱擁〟うたって」と男が自ら口にしたのだった
何故か　彼女を甲ちゃんや他の年輩の客に廻しても　今宵も自分に従けなかった
甲ちゃんと抱きあってｄｕｅｔしている二人を見させられた（相手が甲ちゃんじゃ仕方ないか）

その後も　歌っていたが　今度は離れてうたっ
ていた
男は次第に　無口になってゆき　カウンター席で
独り沈み込んでいった
その間、盲目の社長が入店して帰った時も
目の前の直美が話しかけても寝た振りをしてい
た

閉店ちかくなって
あらためて　彼女もｗａｌｔｚを踊れて男が恋人
を抱けた時　思わずうるうるときて泣き顔に
なってさえいた

今週始め　メールで本音を口にしあった
互いにきつい攻撃的な言い方になり〈しまった〉
と気づいてももう遅かった

実際の　未来はやさしく　創ついた男の魂を慰
撫するかのように接してくれてもいるのだった
隣りに来て　デュエットした時も　初めて彼女の
膝の上で手を握りあえた時も
彼女のふくよかな胸を感じつつ　髪毛にも触れて
いた

〝美しい人〟だなあと　あらためて思った

花水木通り

川面を堰きとめて田圃に続く水路があった
鷺が二羽居た
一羽は少し黒ずんでいる　臆病なのか離れて田圃

の中へ
白い方は堰を離れない
陽光の下で水面はぬるみ　黄色や紫の草花が群れ
咲き
背丈のあるのは菜の花や虎杖《イタドリ》だろうか
そこから関越道を越えて　　自転車で新興のｎｅ
ｗ　ｔｗｏｎに入る
ハナミズキの並木に沿って真新しい洋風住宅が並
ぶ　整然としている
そこなのか　　もっと別なエリアに在るのか　は
知らない
恋人の住む豪邸は？
鬱然とした葉桜の公園を抜けて行く

先刻　田圃のなかに忽然と大きな印刷工場が現れ
たりして
その建物が尽きたところが団地の始まりだった
秩父の山並みも見えていて　山麓の隣りの市街地
まではまだまだ距離があるようだった
辺りの水路のせせらぎを撮ったりしながら　恋
人の住む家の近くに来ていたのだと後で知らさ
れたものだ

歌会二つの巻

（1）

河野裕子*さんはその日

「あなたの言葉は活字に為ると、立って来るのよ」
　と男は言われた
その時の事が印象深く、一番の思い出になってい
た

京都が本部の「塔」の歌会は、関東地区では　年
毎に〈東京大会〉と銘打って、主宰者の河野裕
子さんや　夫で京都大学教授の永田氏等々を招
いて行われるのだった

ただ東京でも千葉県在住の才媛歌人の花山多佳子
を中心に何時でも一旗揚げられる　実力と勢い
があった

その日の歌会も終わり、宴会があって、二次会の
　時だった
とある茶房のｃｏｕｎｔｅｒ席で河野裕子が傍ら
　に来てくれた
歌の師でありながら（花山さん同様男と同世代と
　言うこともあったからか）
気さくに話しかけてくれるのだった
男は、その夜、裕子さんは凄い目効きなのだなあ
　人にも上手だなあと　真底から敬愛の念を抱か
　されたものだった

（２）

〈東京歌会〉と言えば、男はもう一ヶ所出席して
いた
中野サンプラザでは「未来」の会がよく催されて
いるのだ　健在だった頃の
近藤芳美を師と仰ぐ人々が集うていたのだ
歌会の後は　必ず近くの喫茶店で二次会がもたれ

た

会員はみな何をうたうべきかをつよく謂われたの
を覚えている

そこに以前他の投稿雑誌でも採ってもらえたりし
ていた岡井隆先生も居て、囲りに大島史洋はじ
め、佐伯裕子や東直子等々、若手の才媛達や才
筆の男共が綺羅星のごとく列席していた

男も「未来」の〝岡井選〟に加えてもらえた
たまさかに好評をもらえる時もあった
「これから出て来る新人の一人だと思う」と、あ
る日佐伯裕子さんに紹介された日は面映ゆかっ
た

男がやがて「未来」から身を引きはじめた頃

岡井隆は　なんと本格的に詩を発表し出した
そして、後日　詩集を出されたのには仰天させら
れた
ところが、それらがまた優れた作品群なので（誰
も文句の付けようが無い）

「未来」の会を離れてはじめて（以前にも増して）
男は岡井隆の存在の巨きさを感じた
遠くから魅入られてゆくばかりだった

当時も今も、男は氏から　何よりも己れが書くこ
とへの重要なるhintを示唆された気がしてな
らない

＊　二〇一〇年、河野裕子逝く。
一九九二年、「未来」入会（中途？）。（一時、「塔」にも
入会。後、退会）。二〇一六年十一月「未来」再入会。

(2)　冬の日、宵の口に銀狐を見た

冬の日、宵の口に銀狐を見た

愛が都心を離れたことで男は落ち込んでいた
最寄り駅では帰り道に上背のある若い　女ながら
　も美丈夫と呼びたいような二人とすれ違ったか
　ら
ふと佳代の姉妹かと振り返ってみたりした（別人
　のようだった）そして　マンション横の
街灯の乏しい暗い自転車置き場に入り　信号機に
　近い所で開錠していたら
「哲ちゃん、てっちゃん」と呼ばれた気がした
鉄網のフェンスの向こうに　濃紺のスーツに白い
　ブラウス姿の若い女性が
　銀狐みたいに立っていた
「佳代ちゃんか、どうしたの」
「うん、〝就活〟で。これから友達の所へ往くとこ
　ろ」
「そうか、気をつけてな」「襲われないように」
　と、答えた
男は右手はハンドルに　左手を出して彼女に握手
　を求めると　夜気で冷たくなった手の可愛い感
　触がした
「Ｐｅａｒｌ店で、明日ね」
「昨日　往ったの？」
「往かないよ」
「何で」
「だって、佳代ちゃんの居ない日は往かないもん」
「ええっ、往ってよ！」

「あっ、昨日は樹林店にいったけどね」

「………」

「気楽だし　空いた日に往くとママが喜ぶからね」

「今日は顔　濃くしてないから」

「そうかい　暗いから　分からないよ」

それでも　男には十二分に美し過ぎる女だったのだ

「〝初恋〟*のＤＶＤ観たかい？」

「……　まだ」

「まあいいよ。忙しいんだろう」

「そう、結構忙しくて。ご免ね」

＊　ツルゲーネフ原作の映画作品。

高橋英郎先生のこと

世間では著名なる　モーツァルト研究家で　母校の仏文科の助教授でもあった恩師の死が　今朝の新聞にひっそり載っていた

男も昔　英文科で
先生の授業を受けており　あろうことか　仏文科の学友の二人と阿佐ヶ谷のお家を訪ねた日もあったのだった
ひとえにＦ君と言うアルバイトも後で紹介してくれた如才ない男のお蔭でもあった訳だが
北陸の田舎出の学生にとってその日の訪問は忘れ難い（ｃｕｌｔｕｒｅ　ｓｈｏｃｋとでも言うのか）男にとって一つの事件でもあったのだ

首都に住む教養ある知識人の家を初めて目の当た
　りにさせられた思いだった

能登の太柱の家屋と異なった　小振りな文化住宅
　は洒落て見えた
中庭に離れの硝子張りの部屋に通された
清楚ななりの奥様が運んでくれた紅茶かなにかを
　喫しつつ　三人は先生と静かな午後の日永を向
　き合えた
「やあ、よく来たね」とでも言われたのか　覚え
　ていない
その時　大都会のインテリのお宅はかくあるべ
　きものと　感得した次第であった

＊　高橋英郎氏（たかはし・ひでお＝モーツァルト研究家、音楽評論家）２０１４年３月18日、慢性呼吸不全のため死去、82歳。通夜は25日午後6時、葬儀・告別式は26日午前10時、東京都品川区西五反田5の32の20、桐ケ谷斎場で。喪主は妻、照美（てるみ）さん。

オペラを翻訳し日本に紹介した。著書に『モーツァルト３６６日』など。

（二〇一四年三月二十一日、産経新聞）

『女たちのシベリア抑留』*1 より

じじつ、

春になると、監獄内の喧嘩が頻繁になって行くのに、わたしも気がついた。ざわざわした物音や、叫び声や、騒動が頻発し、事件があとからあとからと持ちあがった。が、それと同時に、どこかへ労役に出ていると、イルトゥイシュ河の向こう岸の蒼ずんで見える遠方《おちかた》を、どこともなくじっと眺め入っているだれかのもの思わしげな凝視を、ふと思いがけなく見

かけることもあった。そこには、千五百露里にわたる自由なキルギーズの曠野が、無限のシーツを拡げているのであった。だれやら胸いっぱいに深い溜め息をつくのが聞こえる。それはさながら、このはるかな自由の空気を吸って、鎖につながれ圧し潰された魂を、休めようとでもするかのようであった。[*2]

樺太の出身で、ソ連からの越境の罪に問われたとあった

ついに帰国せず、最後にはロシアの国籍を　求める嘆願書を出していたと謂う

元教師だった村上あき子さんの墓地は、墓標の無い鉄枠のみだったが　丘陵地になった白樺の林に紫の可憐な花々や深い緑の下草の中で葬られていた

そして、過酷だったソ連邦のスターリン時代とは変わった現在

ロシア国の人たちの率直で朗らかなもの謂いによって救われた気さえした

約三百人連行されたと言う満州の元従軍看護婦の生き残りの人々の話も　強姦などは無く　流刑地で病院の仕事についた人もあったと謂う

ドストエフスキーが　自らの流刑地の生活を基にして書いた

『死の家の記録』の中の光景、描写とともに　どこか痛切に想われた

魂の記録として感じさせるに十分な手紙と映像
であった　ゴルバチョフのペレストロイカのお
蔭であろうか

＊1　『女たちのシベリア抑留』語られなかった記憶・連行された看護婦▽獄死した女性教師（二〇一四年八月三十一日放映さる）ＮＨＫ ＢＳ1。
＊2　『死の家の記録』―(5)　夏の季節―ドストエフスキイ　米川正夫訳　河出書房新社刊、『世界文学全集10』昭和三十五年初版。

ポーズをする女

入り口の扉付近で
座席の端の支持棒にもたれて
自然とミロのヴィーナスみたいにポーズした女
銀座線の地下鉄電車の中だった

彼女の背後の腰からすらりと長い脚にかけてとお
尻のふくらみを
まるで成瀬巳喜男の映画に出てくる女のように美
は不意打ちを食らわせる
粋な女のポーズの記憶を男に残して　電車は浅草
駅へ

上級生

自分の出た門前町の小学校を前にした
能登の総持寺（祖院）の境内に入って男は級友を
待った
そこから直下に　今も立派な甍の家屋を望んで
記憶が蘇って来た

それは中学校に入学して間もない頃であった
全校一番の美女が自分を捉えて　連れの女友達に
こう言ったのだった
「あの児〝勝新〟*に似てるわー」　そう言い振らし
て歩いたのだ
その時　新入生だった男はただただ気恥ずかしさ
と照れくささからも　恐れ入るばかりだったけ
れども
松山智恵子と言ったか　当時絶世の美人かと想わ
れた気品を備えていた三年生に囃したてられる
光栄に浴していた
寺の境内から見渡せる彼女の家と中庭は昔と少し
も変わらない　それとなくあの家には綺麗な
お嬢さんが居ましたねと男が問うと
その人は　去年亡くなったと境内の中の茶店のお
ばさんが男に教えてくれた

＊　俳優、勝新太郎のこと也。

水仙と桃の花と線香

Ｇ・Ｗ（ゴールデン・ウィーク）も後半、好天の
土曜日遠くまで男は恋人に会いに出かけたが
Ｐｅａｒｌ店の佳代の方は小学校の教師をしてい
る母親に怒鳴られて店を辞めさせられてしまっ
た
Ｇ・Ｗの前半は幼い頃親代わりだった春枝叔母

の入院見舞いへと久しぶりに能登の田舎に帰
郷した
ついでに　逢いたがっている高校時代の大親友に
も知らせて歓迎された
姪の外茂子が畑の花を摘み　男に線香とマッチ箱
や数珠を手渡してくれ　車を走らせた
爽やかな五月の空の下　田舎の身内のすべての墓
を二人して参って歩いた
苗代田に勢いよく注ぐ水路の水を汲んでは墓前の
花活けに入れた
姪っ子は黄色や白の喇叭状の水仙に加えて深紅の
桃の花の枝もさして歩いた

父方と母方の実家の墓石へ　また世話になった亡
き伯父や先般亡くなったばかりの上の叔母の真
新しくも小ぢんまりとした墓にも供えて　二人
で手を合わせた
山あいに鶯が時々初鳴きをしていた

■未刊詩篇

小川国夫

当時、半蔵門駅前のダイヤモンドホテルにあって
　その年の夏たまたま詩人会の講師に招かれた小
　川国夫の話を聴いた　九十分間
その二、三年後に　　氏は旅立たれたのだった

最初は、力の入らぬ　ぼそぼそっとした声で　と
　りとめのない話で、退屈に思われたのが
　　終わってみたら　　まるで一遍の短編小説を
　　聞かされた気分になり　見事なまとまりに
　　唖然とした

若き日に　バイクで留学中にギリシャやイタリー
　を旅行した話から　昨今のウイスキーで　酔い
　潰れて道端で腰が抜けた話などとりとめなかっ
　たのに　　エトナ山の神話をめぐったりして
　遠廻りしながら　巧く繋がって行くのだった

氏は、そのヨーロッパ旅行をもとにした小説を書
　いて、自費出版したが反響はなかったとか
　ところが、五年後に　突然　ある新聞の書評で
　島尾敏雄がとりあげ沖縄の地から激賞されて
　作家になったと言う

専らの逸話である

冷ややかな空気の中で

「ふてくされてる」と、女に言われても男は顔色

ひとつ変えず無愛想にしたまま彼女にビール
　も注げなかった
そのうち　隣の男への相伴を務めている彼女の膝
　を打つと
　やや怒って「二人を相手にしてるんだから」
「私はいま大変なのよ」と、言われたりした
「そんな事すると」小声になって「もう哲ちゃん
　に附かないからね」と、脅してもきた
男は平気だった

ｌｉｎｅで冷たくされた事への不満な気持が次第
　に治まるまで
酔ったふりをして　もう一度
「あなたが悪いんだからね」と、念をおしてまた
　彼女の膝を叩いてやった
「厭なら店に来なければいいのよ」と、女がむく
　れた

向かいに居た彼女が二人の男の間に座ってくれて
　ｄｕｅｔしたり　手を
握ったりしているうちに　男の気持もだんだん
　ほぐれては来たが

（この女は外面は店でも営業の顔で、家とかの内
面は思いっきりｅｇｏｉｓｔなんだ）
と思い　そう口にもしてみた
「家に帰ったら　何もしたくない」「毎日忙しいか
　らね」
不機嫌の理由を　彼女はそう言い訳するが
「あなたみたいなウルサイ人も居ないわよ」とか
「私は、そんな男大嫌いなの」とくさされた
「何時も愚図ぐず言ってくる男って」などとも言
　われた
あざ笑いながら男に面と向かって揶揄してきた
男は苦笑しつつ、そんな彼女をいよよ可愛いと思

わない訳にはいかなかった

（以上二篇「ガニメデ」69号　二〇一七年）

愚妻の入院顚末記

この度の妻の極度な貧血について

「吐血ショック死もある。生きているのが奇跡だ」

と、

S総合医療センターの山口菜緒子先生に言われた

因みに、文句のつけようも無い熟練の美人女医だった

市郊外に建てられた　巨大なマンモスみたいに

十階建ての病棟はあった

そこに何百人という患者と医師や看護師、介護者がみな若くて恰もボランティアのごとく働いていたのだった

そこに奇しくも投げ込まれた愚妻は、近所のT病院に救急で偶然居合わせた

山口先生に出会う幸運を得たのだった

先生は医療センターに籍を置く医師で、妻を自分の所に転移させてくれたのだ

そして、細心のカテーテル手術を処方してくれた

胃の静脈瘤からの出血は、肝臓がかなり弱っていて、それが原因だと女だてらに

美丈夫な山口先生は明解だった

他にも、糖尿病や肝臓に脂肪が付いているとも鋭く指摘された

今後の治療と緊急なカテーテル手術の必要と可能性を探り検討されたうえで、（後遺症も残るかも）手術せねば、本人がいよよ危ない状態だと

言われた

（「ガニメデ」70号　二〇一七年）

鳥越祭り

六月、初めて其処へ出かけてみた　男は素晴らしさに　言葉を失ってしまった　そこで、

鳥越えの　神輿近づく　夏夜かな

の、一句を自分なりに詠んでみたりした　自著本にも少しく印して愉しんだりしたが

どこな駅　からもかなり歩かされてしまうような位置に　その社はあった

店の屋台は軽く千を越えているようだった（余り観光化されずに）地域では盛況らしい

宵の渡御と宮入りの圧倒的な美と興奮の様を

友人は待ち切れずに帰ってしまったが　男はある種の覚悟をして来ていたから　ずーと粘って待った

前日の昼にも来ていて　お参りした後は　通りの蕎麦屋に入って　後から来た半纏姿の地元の親方に話しかけていた　いろいろ祭りの謂われや裏方の苦労話など　聞かされた

それもこれも　なにかの縁なのだと男にはありがたく思えた

深川の夏

小倉太鼓や輪島の御陣乗太鼓にも劣らぬ　勇壮なる響きが街角に轟く
なんと　印半纏に半だこ姿も凛々しい美女が叩く
白っぽい出で立ちが婀娜っぽい　二人で左右から叩く　シテとワキよろしく　力強いそのリズム　もちろん男衆も一層逞しく叩きつける

神主が立つ台の前を　神輿を上げて　お祓いをもらい次々と過ぎる

牡丹町と記された祭り提燈の立っている橋のたもとでは　川面の水がゆったりと　隅田川に合流していてやがて東京湾に入るのだろうか
旧友と男は目ざとく見つけた蕎麦屋の前で少し待っていると
店の人が出てきて「外は暑いから、どうぞどうぞ」と、入れてくれた
二人はおだをあげて　深川名物の白魚の揚げたのや浅蜊に舌鼓を打ちつつ
一杯きこしめしたのだった

素盞雄神社

素《ス》盞《サノ》雄《オ》を崇めると言う　千住の社へ友人とふらりと出かけた
日永なんとも二人して　感嘆し続ける事頻りだった

こんな所に今昔をこえて　　　そんなにおいが在るとはのう
まるで一葉や荷風の描いた街や人とか再現されてもいたのだった
子供神輿が次々町内を練り歩く後　　親もついていて
粋で鯔背な半纏姿の若い衆が　張り切っていた
此処は地域社会が辺りに未だ温存されているらしい
　　　　　　　　　　ここらで一句を
境内に　子供らの声　素盞雄は

仰げば尊し

戦後孤児だった　　　　三歳で父を喪い　五歳で母を　さらに、利発だったと言う姉も六歳で他界　　戦時中に父方の伯母の一人が〝結核〟で帰郷したのが始まりだったとか
母方の実家に引き取られて　十人家族のなかで祖父母や伯父、叔母に囲まれて何不自由も無く育ったのだ　　親代わりになって目を掛けてくれた小、中、高校の恩師達に導かれ作文で賞をもらったり、高一では誘われて柔道部に一年在籍したりした
上京して、明治学院に入った　　特別奨学生二人のうちの一人に推された　　川崎高校出の瓜

田君、豊橋出身のゆかり、一つ上級の浜田君と
いった親友にも恵まれた
ゆかりとは　大学裏手の八芳園の地下グリルに行
って珈琲を飲みパスタを奢った　また目黒や五
反田駅に出る閑かな路をよく話しながら帰った
ものだ

卒業後、就活はせず　　スポーツ新聞社のアルバ
イトをして仲間と街中をぶらぶらしていた
みんな夢ばかり大きく　　志は高くして　職を
辞したり　休学したりして　飛び出して来てい
たのだった　　　画家、　作家、　カメラマンな
どの卵だった

やがて、就職してサラリーマン修業時代に突入し
ていった　　大都会で生きてゆくための手段だ
った　嘗ての学生運動も白けて〝連合赤軍〟と
言う　まるでドストエフスキーの予見した『悪
霊』の世界を地でゆくような　仲間粛清事件が
露呈した

その間に　男は村田正夫の詩のグループ「潮流詩
派」、歌の結社で岡井隆の「未来」や河野裕子
の「塔」に加わったりしていた　　そこで、
若き詩友や歌友とも交われた（四十五歳）

詩集を何冊か出すうちに　　武田肇編集の大冊
誌「ガニメデ」に誘われた（二〇〇五年）

（以上四篇「ガニメデ」71号　二〇一七年）

能登の獅子舞

どんどこ、どんどこ、どこどんどん
かんちき、かんちき、かんちきちん

その鉦と太鼓と笛の音が　何十年ぶりかで　今にも踊り出しそうだ
手拍子、足拍子

大きな獅子頭を　カッと構える　その威容　と莎草のなかの四人
そして、それらを
宥めるように　挑むように　踊る天狗の棒の花房と、刀

遠い日の思い出、　生まれ故郷の人々の掛け声や喧しい囃子だ

男は　十八歳で能登の町を後にした　上京してから　もう六十年
獅子舞とともに　猛る天狗となって　足を高々蹴上げて生きてきたんだ

土地に確り根付いた踊りや　故里の祭りに今も男のこころは踊るのか

姫御前

釣瓶落としに　寒気が列島を覆い
冬が一足跳びに訪れた土曜日の夜に　R店に入った

世界一　素敵な（三十四歳）
恋人の居る店へと
ふくよかな彼女のからだ（ガードルは無い）
自立している　お姫様育ちの　優雅な応対
妙齢なる女盛り　子供二人　優しい夫　実父と高
　齢の祖父
詳しくは知らないが　近郊の高級住宅団地に居を
　構えている
家屋だけでも一億円掛けたと言う邸宅らしい
G・W・に直ぐ近くまで　自転車でふらふら行っ
　てみたが
休日に寛ぐ二羽の白鷺を水路に見て帰っただけ
何故か　住所は未だに教えてもらえないでいた
それでも　男は彼女になんの不満も無かった

二〇一七年　ペンの日

どこか異国風なアーチ形の玄関を潜ると
二階へと通ずる広い階段には赤い絨毯が敷き詰め
　られていた
慌てて　受付でサインをしたが　自分の名札が見
　当たらない
困惑する男と　受付の女たち
「あのうー、ご招待でしょうか」
「もしや、会員の方でしたら」
「ええ　会員です」「あっ、そうか」「会員はお隣
　りの列」

五、六年ぶりに出席へ　如水会館（東京會舘は只
　今改装中なので）
入口で二列になって　迎える理事たち（恒例なの
だ）
男は目ざとく　出久根氏を見つけて　ご挨拶
年に一度の福引もある　忘年会も兼ねていた
（以上三篇「ドミタス」2号　二〇一八年）

万年筆

J店では、
今朝は珍しく良い調べのc l a s s i c　g u i
　t a rの音色が流れている
春分の日にちかい誕生日が来て　男は漸くにして
　想い人から念願の万年筆を
　貰えたのだった　然も、パーカー（バーカー
　　ではない）
去年は、頼んだのに蒔絵のボールペンだった「万
　年筆って高いのよー」と、言われた
彼女のことは、店に足繁く通って　本にしたり
　文学碑公苑に共に刻んでいた
どんな賞にも一生縁の無さそうな自分にとっては
　と　男は真剣だったのだ
（安易に　これだけは自らが業を煮やして　買
　い求めてはならないと決めていた）
物書きの端くれに名を連ねたものの悲願と言う
　のか

人様にもらってこそ　それも誰からでもいいと言
　うものではないと
現に昔、純金の高価なネクタイピンをくれた女も
　居たが（欲しい物でも無かったからか　余り
　嬉しくなかった）
かねて喉から手が出るほど欲しい万年筆を　今
　年こそ
せめても好きな人からもらいたい　例えば、恋
　人や日頃敬愛する作家とか　むろん、何か
　の受賞で貰える人は良い）
それが、物書きの本音では無かろうか（密かなる）
そして、ずーっとその思い出とともに大切に使わ
　せてもらう
特に高価な物でなくてもいいのだ

隅田川

遊覧船が右に左に行き交うなかで
ゆりかもめがまさしく川面に波乗りしていた
目の前に丸型の巨きなＴｏｗｅｒが聳え　それ
　もどこか漫画ちっくである
堤に　腰を下ろしてカップ酒と缶ビアを少し開け
　ていると　海老煎餅を持参した
　ことに気づいた
鳩が二羽寄ってきたので　あげると　それまで
　悠々と川面に居て泳いで居たり　船の客に餌を
　ねだっていたはずの鷗たちが　目ざとく次々と
　集まって来る
通りがかった見るからに若いママさん二人とそれ

ぞれの三、四歳の女の子たちが面白がるので
手招きして　煎餅の一枚を二つに割って　あげた
「小さくちぎってあげてな　」と言って
後で、ママさん二人が軽く頭を下げたり　子供
たちは鷗と遊びながら　何回も挨拶に来た　そ
れで
残りをまた上げたり　チーズ鱈もあったのであげ
た
可愛いお礼を何回も返された

長閑な隅田川の向こう岸には桜樹が花開き　川
面は今日は溢れんばかりに春を湛えて　波立
っている
若い二人の子連れのママさんも二人の幼子たちも
とても幸せそうで　男もひとしお愉快だった

（以上二篇「ドミタス」3号　二〇一八年）

■短歌・ミニエッセイ・俳句

短歌

（宮廷の）

宮廷の美と風水に舞ふ女官等のチマチョゴリや華かに（寝不足）
限られた時間のなかで昇り詰めやがて降りてしまふ観覧車
チェ・ジウが哭くたび美形が歪んでる飽きたる効果を補はむとて

（『改訂版　埼玉短歌事典』二〇一七年　所収）

白鳥座《レダ》

秋の日のきみと会い得し歌会に家路たどれば白鳥座《レダ》が真上に
お茶の水で何時も分岐する恋でした路線の違ひがそのまま二度と
ポスターを二人で貼りてやつかまれ夏が終はつたすべて了つた

人を頼めばその一日が不愉快などいつもこいつも人を窺ふ
停電したビルを仰いで何かかうシンとした巨大な鯨
オーストラリア南天銀河恋欲しもヴァギナのやうな処女は暗黒《ブラック》

（「未来」541号一九九七年二月号）

きみへ　サランへ

〈サランへ〉は二人のことばやさしくてカウンターに着いて復唱すれば
サランへと何時までも唱へてゐたき朝、夏から秋に変はる坂道
サランへは二人のことばもう一度きみの声が聞きたい夕辺
サランへを復唱してゐる夕まぐれきみの故国《くに》を訪れむまで
サランへと繰り返し言ひわが音《おん》の片言嘆くきみへのサランへ
恋人の携帯《けいたい》電話壊れ「公衆電話」と入りし声は素つぴんの声
秋雨が一挙に気温を下げました生き返つたやうなアカシア並木
侵されてゐしゆめならむや天使がわれに囁きかけた
羞づかし気におどけて逃げたきみの肩辺にやはらかく甘く香りが残され

彼われの区別を越えて入り来る情愛一つきみの素つぴんの声

（「未来」二〇〇〇年頃）

留まり木

そをわれに為て欲しとこそ言はねども寒々とその声はせり

求むればいや遠去かるものにして春の雨降る濡るれば濡るる

家近く電車の内に鳴る電話「別れの曲」を消せば声する

飛ぶものは必ず落つると申せども時々墜つる物体なれば

墜つるかも知れぬ覚悟で同乗し死一等を賜はらむ　きみと

膝詰めてKに言ひ寄りし椅子ならめ腰のラインに胸を突かれて

（「未来」583号　二〇〇〇年八月号）

万年筆

きみくれし万年筆を持ち歩き友にも見せたろ未だ使はず

店を辞めなば何時また逢はめ　もう峠を越えて去つた馬車

「わたし、淋しくないわよ」と言ひて己の貌覗き込む女心かな
春分の日　雪降り積もりて何事も無し寝ねし枕辺に立つは幻
「ドミタス」が落雷のごと届き来て　打たれし男に息やあるかと

（「未来」798号　二〇一八年七月号）

逆上す

そんなにも人前で責め続けらるる不義理とは一夜の店でも愛とや
うれしみてきみの悪口の止まざるを聞き流しゆくも肴ぞ
遠慮無く男を詰る彼女居て（ああ、そんなにも俺が好き）
慎みもかなぐり棄てて猛き声　詰らるるかや来る来る詐欺（師）と
詰らるる　店内に高く反響す　裏返されたる女の気持

（「未来」798号　二〇一八年七月号）

短歌とミニエッセイ

初期短歌の頃

詩のグループに入った頃、合わせて未来短歌会に入った。岡井隆選。一九九二年、四十五歳だった。その二年後に、「塔」短歌会にも入った。　河野裕子選。何れも結社に入る前に雑誌の投稿欄で採ってくれた選者でした。「たかが」の歌の中の四首目は〝イロニーの歌〟として他の人と共に選評された。また、「九段下まで」は、特集号故、同年十二月号の座談会で、栗木京子が選評した。歌人の卵の時代の初々しい五首と七首なのだ。本棚から後でひょっこり出て来た。懐かしい気持。短歌に未だ夢があって、志が出ていると思って再録した。

たかが

街角に上向き顔の BossCoffee 男の貌はさもW・フォークナー
歌なんて屁のやうなもの詩はそれに泡立つだけのきりきり廻れ
わがことをたかがと思はず言ふ人にたかがだかたかがたかがたかがだか

伴走すと言ひしきみはもしかすがに風に帆の行くわれを掠めて
夢のなかよりきみが声するぬばたまの闇に赤きと青きが揺れて

（「未来」511号　一九九四年八月号〈岡井隆選〉）

九段下まで

軽鴨のぐるぐる廻る内濠を二月の小波《さざなみ》淡く光りぬ
Calvary とE・ディキンソン加へしそのやうな黄金の言葉できみを
love の意味きみと出会ひ知らされむ　きつと死ぬまで智らされてゐむ
〈以前《まえ》にもそんなこと言つてたじやない〉屈託もなくわが不安を消しぬ
忙しさ断らず聞くきみが耳　イトウイッシュ河に夏の鉄柵
自らの旗掲げねば何時までも虫ケラ扱ひ　世界と言ふは
水ぬるむ桜堤の堅蕾　堀割を往く九段下まで

（「塔」508号　一九九七年五月号〈特集四十代歌人〉）

捨ておかれしは

県警に捨ておかれたる三条の小五の少女に九年は永遠
拉致せよとの歌あまく甘く俵万智、少女の無念いよよ極まる
拉致でなく抑留といふシベリアへ　日本兵収容せしスターリンのお化け
山深く日蔭の湿地に生き埋めてオウムは六年間三百代言
拉致されたかなども不問と言挙げて　日本海冥し米送るまでに

乾きがちな日常のこの頃だ。『素顔の韓国人』（松野裕著。鳥影社刊）という本と出会えた。捨て身になって日本と日本人を大切にしろと説く六十五歳以上の韓国人の人々の件で著者と共に熱くなった。折りしも、オリンピック最終選考レース。高橋尚子が、後半を孤独と栄光のなか、ひた走る。細く小柄な軀で、素朴に走ることの悦びを全身で表わしていた。この本といい、マラソンといい、余計なものの入り込まぬ、人間の原点を考えさせた。

（「未来」583号　二〇〇〇年八月号）

ライオン

少しずつさよならを繰り返しきみとの距離を拡げる葉つぱ月
八月は原爆だから靖国だから粗つぽい論理が飛び交ふ五十年後のライオン
「ただの友達だからそんなに尽くすのもをかしいよね」つて貧しくなつた俺
うつし世に抱く日も無くてきみのこと龍宮城つてやつぱり玉手箱

たつた三日間の宴が三千年の譬へかな（酔はされてゐし）

財布から抜き出してみるポートレートは人形《ひとがた》のきみにしあれば黙して見てゐむ

飲み喰ひも用心してゐるきみの仕種に何時も苛立つ俺つて何者？

いくら注ぎ込もうとて無いものはないきみとの宴もここらでおひらき

〈ゆりかもめ〉今年も出して奔放に詩と歌の狂宴を巷に

好きといふこころに応へぬ肉體はもう肉體ですらないこころでも無いか

小泉首相が八月十三日に靖国神社に参拝した。戦死した人々への哀悼の意を表わして何が悪いという論理だが、一見当たり前で正しく聞こえるが、肝心のその戦争がどういうものであったのか、そもそも人殺しでしかない戦争への忘却とともに美化しようとしていないと言えるであろうか？　敗戦五十年後のライオンは気弱なのか無謀なのか？　戦略無き外交の果てが、アメリカの押しつけ憲法と検閲化に慣らされ、一方的な「東京裁判」すら未だにまともに問われていない政治の結果だろう。無差別殺人の原子爆弾や空襲への検証は？　政治は汚く、戦争は殺し合いだとしても、それらに利用され、流されてゆくだけの五十年後は？　「終戦」などと言い換えてごまかすな。

（「未来」600号　二〇〇二年一月号）

春秋

若き日に佐藤通雅評を受けて

「こんな歌が何首もあつたらもの凄い事に。ただ出来不出来が多過ぎる」

「塔」の河野裕子選の頃

欠詠した月電話来て「あなたの歌無いわよ。未だ間にあふから」

医大病棟の優れた女医とめぐり会ひ愚かな妻よ（幸運を呼ぶ）

〈なんて奴だ！〉と嘆いてみてももう遅い消化器の静脈破れ（カテーテル手術）

素盞雄を奠り手広く下町の社に子等の嬌声《こゑ》やはなやぐ

小ぢんまりした狛犬の居り一体は屋台に隠され狭き脇道

『未来六十年史』出でしを知らずして　今開く何に譬へめ

発注してみれば　われの写真四枚と協力者に銘まで連ねて

『ガニメデ』も今年で終刊（Himalaya のごとく詩界を）

拙本への井坂洋子の「解説」は、見事だつたよそれにつけても

関東の獅子舞も東北の鹿踊りも独りで踊る。けれども、前田公百万石の加賀、能登、越中の獅子舞は莎草に三、四人入って、天狗と相対して踊る。それも〝剣舞〟として奨励されたと言うのだから勇ましい。中国の虎舞に似ているが、天狗は居ない。太鼓や鉦、そして笛の音で囃す。猛くして祭りは厄鬼を祓うのだろう。身も心も浮き立つ。天狗は大人も子供も成る。能登の隣り村の獅子舞はその獅子頭の巨きさや夜に獅子殺しまで演じてくれて素晴らしい。それが子供心に羨しくて。みんなで自作自演で踊ったりした。今はユーチューブで見られる。

（「未来」800号　二〇一八年九月号）

俳句

槍烏賊のはらわたに棲む　能登の海

凩に居酒屋の燈のあたたかさ

鳥越の神輿近づく夏夜かな

葉群おおふ故郷の家は朴の香に

闇の中通る taxi 二人して

逢ひ引きも堂に入りし夏姿

五月来て万年筆をくれし女《ひと》

pen の日はいろいろ呑みてカレーかな

如何にしてわが源流を能登の獅子

純子居てなんの己れが案山子かな

ばうばうと逝きし人等みな良き人

「歴程」の人に賞めらるる新刊書

去年の夏詣りし八幡殺人事件

エッセイ

〝ゆりかもめ〟号航海記

われらが詩歌誌「ゆりかもめ」も何時の間にか十周年を迎えた。年一回の発行だから続いたとも言えようか。一途に自分達の自由に書ける場を求めた結果であろうか。師を持たず、若い力が一つの渦巻きとなって結集せる磁場をこそ欲した。一人では退屈だ。必ず二人以上の異質な者が出会えば、自ずとそこに何かしらの新しい発見が生まれるはずだと信じていた。一九九七年に創刊。原浩輝と小西三四郎と私の三人でともかく進水した。歌歌会で知りあった仲だった。が、詩も書いていて、野心に満ちていた。幾ばくかの銭を出しあって、写真も加えたりして、少しでも人が読んでくれそうな内容を目ざした。二号目からは割と順調な航海だった。少数の異質な才能がぶつかり合って、その火花が誌面宇宙に散って作品が星と化し、夜空に輝くかのような夢想を抱いたかは知らない。

五月四日、十年を節目にして初めて集った。高田馬場のルノアール、店の一室を借り切って、批評や朗読やギターで盛りあがった。誌面勝負だと念じて、これ迄はイベントは避けて来た。当日も言い出しっぺは遠方でもあり不都合で、二名欠席した。また、仕事で一名がどうしても出られなかった。関東近辺のメンバーが揃った。執筆者以外は殆ど声を掛けず。有名人を呼んだり、読者の多くを募る大々的な催しも悪くはないが、「ゆりかもめ」にはそぐわない気がした。それはそうした〝詩祭〟に任せて、顔見せだけでも意義はあったろうか。私も下手なブログを使ったり、印刷はずっと旧友のプロが手伝ってくれてきた。七、八、九号に来て何故か好評を得はじめた。バックナンバーを求める声や、「現代詩手帖」の詩誌評に載ったりもした。

現在、詩人では『ナヴァロンの秋』を出した辻元よしふみを筆頭にして、『母語を削る』で力量を見せつけた高橋和彦、つよい知性が冴える山本聖子は『三年微笑』を問い、『思う壺』でヴェテランの域に入った桐野かおる等が居る。歌人では、「レ・パピエ・シアン」の発行で精力的な小林久美子の『ピラルク』は忘れがたい。『ヘスティアの辺で』を出して酒向明美は才気を発揮した。古典に詳しい『風返し峠』の山吹明日香。『聖母の砦』を出して波に乗る今井正和も次回より参加する。最後に、私は去年『景福宮《キョンボックン》の空』を出した。

「冬のソナタ」ブームの前から、九〇年代の韓国、八〇年代の中国大陸や台湾の映画に注目して来た。熱いアジア！　小泉政権になって、アメリカの基地は減らす振りをして、どんどん本土へ喰い込もうと画策し始めた。中国や韓国とも友好年そっちのけで、エネルギー問題や領土問題での対立点を互いに煽っている。人と文化、経済の交流の大波がそれで冷え込むとは思われないが、油断大敵の昨今の情況である。「ゆりかもめ」が、時代と社会を緊張させるものの本質を見抜き、抉り出せたら。

（「詩と思想」二〇〇六年九月号）

忘れがたき人

村上章夫

ある日、突然彼の訃報が子供達から入った。当時、何回か村上氏とは本や手紙のやりとりがあった事から連絡したと言う。ついては〈埼玉詩人会〉の会員に連絡して欲しいと言われて慌てた。余りつきあいも無いのに、二、三人電話した。二十代に一度会ったことがあり、既に「詩学」から詩集も出ていた。その頃もう大人びた早熟な才能だった。

米原万里

『嘘つきアーニャの真赤な真実』と言う本に感動して、

拙本を送ったら、返事が来て交流があった。音信不通になった後で、癌で亡くなったと知った。ゴルバチョフの訪日時にロシア語の同時通訳者として勇名を馳せた。後に作家になってゆく一番華かだった頃だ。急逝したことが惜しまれる。

河野裕子

過去の拙本を訳あってめくっていたら、裕子さんからの葉書が出て来た。欠詠した時、直接電話をもらってびっくりした。葉書も失念していたが、筆圧がつよい。多忙なのに、（生前の歌の師匠としても）熱意ある裕子さんの笑顔が忘れがたい。

村田正夫

「潮流詩派」の会員の集まりは年四回程、土・日と決まっていた。が、仕事を理由に自分だけ平日の夕刻に尋ねていた。缶ビールと抓みやバナナなどを少し買って訪れた。「八時までだよ。俺は八時に風呂に入るから」と、念を押され乍ら、何時も九時ちかくまで居た。麻生直子夫人も居たり居なかったり。先生を用事も無いのに訪問しようとして叱られた事がある。これは伊藤桂一氏の時も同じだった。

早乙女貢

ある日の小出版社のpartyに出て、着流しstyleな和装の早乙女貢氏を見た。欠席のつもりが会費は要らないと誘われて出ていた。〝会津魂〟について少し話した。後日、拙本を贈ったら、筆書きの立派な〝書状〟が届いた。日本ペンクラブへのお誘い。先生は、この世の片隅で不遇なる人々の味方だったのだ。長谷の館へは、没後に入れた。

祖母、よき

母方の祖母よきは、幼くして身内を喪った私の親がわりだった。五十七歳から、私が三十歳になるまで見守ってくれた。釈尊か菩薩の身代わりかも知れないと時々思えた。十人家族だった実家で、祖父は大工でもないのに風呂桶を自力で作れたし、家では三年は蔵で寝かせて使う味噌も作った。未だ自給自足が当たり前な頃で、戦時中も戦後も、食料に不足はなかったそうだ。孫の成長と学校での評判が村での祖母の生きがいになっていった。皆月（能登半島）の山村から後妻で嫁ぎ、信心深く、働き者で、悪く言う人は村中にいなかった。日々の謂れはすべて覚えていて、祝いの用意をし、町中の家々の出来事や由来も知悉していた。明治生まれの日本人は何処か違った。矍鑠としていた。

ぶらり愛読書や映画から

『勝海舟』（江藤淳編集、中央公論）（日本人の英雄として）
S・モームの小説（『人間の絆』（『お菓子とビール』他）
ヘミングウェイの小説（『日はまた昇る』映画も含む　他）
ボードレールの『悪の華』（鈴木信太郎訳、岩波文庫のみとす）
A・ランボーの全作品（たった一人の詩人を問われれば、彼のみ）
トルストイの『戦争と平和』（十九世紀小説の最高峰）と
　ロシア文学
シェークスピアの戯曲
永井荷風の作品
伊藤整の『雪明りの路』他
岡井隆編集『岩波現代短歌辞典』
J・オースチンの『自負と偏見』
H・ジェイムズの『鳩の翼』

吉村昭の『桜田門外ノ変』（映画も含む）　他
藤沢周平の『山桜』（映画のみ）
斎藤美奈子の『誤読日記』（朝日新聞社）
小林秀雄全集（新潮社）
森鷗外と樋口一葉の作品
百人一首と歳時記
（※あげれば切りがないので――（打ち切り）――

メモリー

平成31年（二〇一九）一月三十日（水）
二年前の埼玉医大センター（川越市）に入院以来、妻ひろ子が都立大塚病院に再入院す（食道静脈瘤破裂。肝硬変と糖尿病の疑いありと診断される。手術）。
母方の祖母亡き後、十九歳で上京以来、私の生活や文学にも彼女の陰の支えがあったればこそだ。
幼少期の二人の子供たちと四人で熱海銀座通りを登り切った会社の寮へ、毎夏泳ぎに行った。が、あの頃は何かが一番耀いていた。
二月十六日
日本詩歌句協会（NPO法人）の〝詩の合評会〟に出席（原詩夏至、田中眞由美、斎藤菜穂子他）。
「現代詩手帖」二月号で、〝入沢康夫追悼号〟出る。同じ頃『國井克彦詩集』を発見（交信）。
この際、萩原朔太郎と西脇順三郎、それから清岡卓行と黒田三郎を上げておきたい。
「抒情文芸」（一九九二年前後に、二〜三年間投稿していた）で、詩を清水哲男選に、短歌を河野裕子選に、俳句を金子兜太選で（佳作や入選）。「月刊カドカワ」でも短歌を岡井隆選に、俳句を角川春樹選に（入選）。
一月十四日
「詩と思想」新年会。中村不二夫編集長と会う。
一月二十七日
「未來」新年会。大辻隆弘、佐伯裕子、黒瀬珂瀾他と会う。

解説

山岸哲夫アルバム

井坂洋子

　紅梅の紅《あか》が陽かげの多い辺り一帯をパッと華やかにする。花壇のうつむきがちなクリスマスローズ、水仙は匂いがよく、すずらんは可愛い……というように、山岸哲夫の詩にはたとえれば花にも似た女性たちが数多く登場する。その女性たちの中にはつきあいのあった人もいれば、主人公が患者として関わっただけの人もいる。

　草花や木、河口や山など自然に憧れ、美を求める書き手がいるように、異性に美を求め、したしむ書き手があってもいいいと思う。

　室生犀星は『随筆　女ひと』の中で「いい年をして人間は最後まで女といふものの世界から、ふっつりと眼をたち切ることの出来ないことを知るのは、人間が生きてゐるかぎりにさうしなければならないやうに思はれた。」と書いている。そして、酒場などにいって、女の人の美点を何かひとつでもと思って探している。その美点とは相手の容貌ばかりではない。「あんたなんかこれからぢやないの、いまからおそいなんて片づけられてたまるもんですか」ということばを、今晩の美点の収穫にしたりもする。飲みすぎてボックスに横たわり、女のひとの脚や靴しか見えない状態ですら楽しんでいる。

　山岸哲夫の詩集の表題作は、カウンターの向こう側の女性に思いを寄せる詩であり、相手の「靴を一度も見ていないことに　ある日男は気づいた」とある。「靴」とは、男にとって女性の未知の部分の象徴だ。しかし、「彼女の何もかもが知りたい訳でもない」と結んでいる。

　犀星も、著者も、女性の美しく見える角度をさがし、こちらに快感や益をもたらすその僅かな部分とのみ繋がろうとしている。実際、生活をともにしたり、夫婦であったりすることとは別に、自分をいっとき惑わせてくれるものに対する執着は男女を問わずにあると思う。女性の場合は虚像（韓流スターなど）に憧れるほうが一般的かもしれないが、著者はもう少しゲンジツ的に、生身の女性との間で夢みていて、それを詩に書く。チークを踊ったり、一緒に歌ったり、指輪を買わされたりする話は、それが詩であるのかというきわどさであるが、詩的粉飾も韜晦もなく、臆せず書くところが面白い。

　けれども私は、お店の女性の登場するものよりも、何かで関わりのあった女性や、行きずりの女性をめぐっての詩に書き手としての本領が発揮されているように思った。たとえば「超高層ビルの時代」という作品。美しい歯科医に作ってもらった歯冠とともに長い年月をこらえていくというこの詩は、自分の肉体の中に「彼女の冠歯」が埋め込まれているという着眼点がユニークだ。「彼女の冠歯」イコール彼女の記憶であり、彼女自身とも捉えることができるようなロマンチックな広がりがある。「西新宿の超高層ビルに勤めていた」頃の話だったので、タイトルを「超高層ビルの時代」としたのだろうけれど、ビル群は拵えた歯列を連想させもする。詩というのは、このように向こう側から（人為的にではなしに）整えていってくれるようなところがあると思う。

「ロシアの貴婦人」という作品も素敵だ。郊外電車でちらりと見かけたロシアの女性たちの「容姿と気品」に心打たれた作者は、彼女たちの後をどこまでもついて行きたい気分になる。「この後の黄昏の中を」（傍点筆者）というフレーズが詩の雰囲気を盛りあげている。独歩、トルストイ、ツルゲーネフの文章の引用も巧みであり、見かけただけの事柄から飛行し、物語の予感さえ漂う。

　歯科医にしろ、ロシアの婦人たちにしろ、その美しさに転ばされ、起きあがったとき、何かを確実に摑んでいる。けれども、それをしつこく追い求めはしない。ちらりと接触し、対象の内包している時空を呼吸し、惜しみつつさっと引きあげる。そこが書き手の美質ではないかと思う。

　本書は女性の登場するものばかりでなく、さまざまな題材や語り口の作品が並び、バラエティに富んでいるが、「被爆したマリア様の首は幾体」なども、あまり多くは語らずに、言外に含ませる形でアイロニカルに終わらせている。そうすることで全体が引き締まり、こちらに過度な負担を感じさせない。

「夕笛」という昔の日活映画の感想を述べた作品では、

映画の筋ではなく、情景の記憶だけが残されたと書いてあるが、実人生もこの映画のようにノスタルジックではかない情景が重なりあっていて、そこに親しい者たちの顔が出没しているようなものではないのかと思うのだ。「筋は無い　否、あっても無いようなそんな筋書」を、トボトボと歩いている山岸哲夫のアルバムのような一冊である。

（詩集『純子の靴』解説　二〇一三年七月）

月、すぼめる肩が傘となってひらく時

——山岸哲夫詩集『雲峴宮《ウンヒョングン》の日向に』に寄せて

藤本真理子

〈とうとうきみは現われなかった〉（「鵲」）と、終わりから始められたこの詩集は、書き割りの割れ果てた風景なき舞台で、ひたすらゴドーを待ち続ける人のすぐ横で、捨てられたはずのネガフィルムを拾い集めて切り貼りされた裏の映像とも言える。

　現われなかった女《ひと》が実現を阻んだ地を蹴って空を飛ぶことで、〈半島の良く晴れた小高い丘の上の梢に留まった〉（「鵲」傍点筆者）と言うもう一つの現実を詩は実現する。芭蕉の秋のからすの枯枝を拒否する熟年の艶は、いつも海を望遠して。

　彼の女《ひと》の半島は、此の男《ひと》の半島と何と良く似た形をしているのだろう。歴史認識を然り気なく提示するかのように、朝鮮半島の止ん事無き女性を現出させる表題作は、この詩人の首尾一貫した姿勢の表明ともなっている。

〈その方を守っていた〉
〈あなたを見守っていた〉
（「雲峴宮の日向に」）

日本海を間にして、朝鮮半島と山岸氏の故郷能登半島は、相似形を反転させて、しかも双方背を向け合っているかのようだ。そして天の配剤と言うよりは、まるでうっかり落としてしまった宝玉の欠片のように、竹島とウルルン島が大海に浮かんでいる。
（ニンゲン）と発語することの恥じらいに脱力したのか、この詩人は人間を《ヒトマ》として哀しんでいる。人と人との間の溝が、たとえ冷たい海ほどの果てしなさであったとしても、

海の向こうからこちらまで
（ああ、居たんだね）
（「虹」）

と、感じさせてくれる電波のひとつをも生の実感として愛おしんでいる。この《間《ま》》の、受容力の深さは、やさしさという安易な言葉を超えて、マゾヒズムという信仰の極北の陶酔感すら滲ませて、「サイボーダインモデル103号」の未来少女の出現に喝采するのだ。自分の未来から過去の自分を救うためにやって来る発明品としての救世主は、いかにも今日的な終末観が産み出しそうなものだが、ここでも〈いろはにほへと〉の平板な日本人の胸は、七色変化のハングル語に振り回されている。
湿潤の岸辺としてのその胸は、疑似結核の山岸氏自身の体質そのものを反映しているようにも思われるが、T・S・エリオットの『四つの四重奏』中の「ドライ・サルヴェイジズ」の次の風景にも重ねてみたくなる。

漁網の切れ端、つぶれた蝦取り籠、折れた櫂

けれども英文学の徒でもあった山岸氏の脳裏にもあったであろうこの詩の、

過去と未来の縒《よ》りをもどし、枷《かせ》をほどき、また
一つに繋ごうと骨折っている女たち——
（以上、岩崎宗治訳）

と、祈りの仕草にも似た女たちの指へのエリオットの

憧憬に対し、山岸氏の女は〝素っぴんの女〟（「磯」）の総体である。とは言え、救世《クゼ》の方法こそ違え、〝未明〟の予感の光の中にあることに変わりはない。

鵠となって飛んで来てくれた半蔀の中の女性は、磯の海女ともなってその軀を投げ出しもするが、山岸氏にとってはすべてがいつも〈永遠の序章のはじまり〉（「セカチュウの物語」）。そして〈私になにが言えただろう〉（「同」）と繰り返すばかりの消極の《間《ま》》で、その言われなかった言葉は〝詩〟となるよりほかなく……〈マイナス何度Cでも下がる（闇の中から）〉（「虹」）の使者であれば、《日向》で迎えたい。

〈金色の夏〉（「炎帝」）を希求しながら、折りたたまれた山岸哲夫の肩と肘は、いつか（死後の）湖底で、有ったかも知れない思い出（かささぎ）のために、張りも見事な傘となって開かれるためにこそ。

（詩集『雲峴宮の日向に』解説　二〇〇九年九月）

山岸哲夫詩集『未来《みく》の居る光景』について

苗村吉昭

石川県生まれ、埼玉県在住の著者の第五詩集。夜のスナックで働いている未来《みく》と佳代という女性との関係を中心に、それぞれ第一章、第二章が構成され、三十六篇が収録されている。二十六歳の年齢差のある作者と思しき「男」は夜の女である三十二歳の未来と昼間に会うようになるが、「白のチュニックの服装で若々しい未来爽やかな夏姿の笑顔にも／中高年の男は外光の下で照れくさくみすぼらしい（忸怩たるものがあって）」（作品「未来の居る光景」より）、恥ずかしく感じたり、焼き鳥屋のマスターに「彼氏」として紹介して貰って悦に入ったりする。その後、未来の勤務先であるスナックに同伴出勤する様子などが描かれる。頁をめくっていくと、やがて「男」はこんな感情に囚われるようになる。

男は既に／殺してやりたいくらい　その女を好き
になっていた／／男より　はるかに若く　客の若手
と嬌声をあげて愉快に弾けている時など　狂って
しまうのではないかと　自分を怖れた
（「オテロ　（3）彼女の場合」部分）

男の方から絡むように　ぶっきら棒なｍａｉｌを
ぶっつけ　怒りと疑念に満ちた感情を露にしてい
た／即座に謝り　反省の追伸を送ったのだけれど
も　偽りの無い女の直言に自分への愛を悟った／
昨夜、いやに親しげに店のｃｏｕｎｔｅｒであなた
と会話しあってた別な男共は／一体あなたの何で
したかなどと言った類の失礼な質問を　腹立ち紛
れに　あえてした
（「オテロ　（2）写メール」部分）

実際の　未来はやさしく　創ついた男の魂を慰撫
するかのように接してくれてもいるのだった／隣
に来て　デュエットした時も　初めて彼女の膝の
上で手を握りあえた時も／彼女のふくよかな胸を
感じつつ　髪毛にも触れていた　（「美しい人」部分）

　夜のスナックとは、妄想や色恋営業などが金銭を共通項として成立する一種の「疑似恋愛装置」であると言える。そこで働く女性に恋し、他の客と談笑する姿に嫉妬し、狂い、慰められ、店にお金を払い続ける「男」の描写を冷笑する読者もいることだろう。しかし筆者は山岸哲夫の詩を読んでいて、このある種の愚かさこそ人間の持つ本質の一つではないかと気づかされたのである。正直に言って、本書の作品配列や収録詩の選定など詩集全体の統御性にはやや問題がある。けれど「疑似恋愛装置」から生じた生身の恋愛体験が、詩集という「疑似体験装置」に凝縮されていて、興味深く感じた。
　私の批評態度は、単に詩集の内容面に関心があるだけで表現面の批評を怠っているのではないか、との誹りを受けるかも知れない。それでも敢えて伝えたい。詩の技術とは詩の素材の良さを引き立てるための最良の表現技法を選択することであり、他の読者も同じように興味

深くこの詩集を読むのであれば、この詩集の表現は成功したと言っていい。その対極に、前衛表現を追求するために内容面を軽視した詩集がある。どちらを読みたいかは、もちろん読者が選択すればよいことである。

（「詩と思想」二〇一七年八月号　詩集評「失われた現代詩への信頼を求めて」より）

硬質な映像作品としての詩

武田　肇

山岸哲夫詩集『未来《みく》の居る光景』（土曜美術社出版販売）は近年にない硬質な映像作品だ。映像といえば先行する岩成達也の詩集『森へ』について、ぼくは「イリプス」Ⅱnd 20に「誰か、フランス語で映画にしろ！――《Dans La Forêt》」の小文を寄せている。山岸の詩集は、岩成

の垂直的＝神学的構造に対して、詩人が身を律するために標本化した〝美女〟群体の大規模な総鑑である。

（「ガニメデ」70号　二〇一七年）

山岸哲夫年譜

一九四七年（昭和二十二年）　当歳
石川県輪島市（旧、鳳至郡《ふげし》）門前町高根尾カノ拾弐番地、生。農業。父・勇吉。母・きみ。実姉・すみ子。結核にて、三歳で父を、五歳で母を、また実姉も喪った。母方の実家の中島家の祖父・忠作と祖母・よきの下、伯父・政吉や叔母・はるゑ等に育てられた。十人家族。

一九五四年（昭和二十九年）　七歳
門前町立櫛比小学校入学。小五、六年では郷土史家の佃和雄先生や谷内先生が担任となる。作文で認められる。

一九六〇年（昭和三十五年）　十三歳
門前中学校入学。成績が上がり出し、三羽鴉と言われる。乱読。図書部長（安田先生担当）。この頃、島崎藤村の『若菜集』と『新生』に感銘した。

一九六三年（昭和三十八年）　十六歳
石川県立門前高等学校入学。一年次柔道部。三年次後半、剱地出身の秀才、竹森繁治と親友になる。漢文は諸岡先生。

一九六四年（昭和三十九年）　十七歳
四月、上京。
明治学院大学文学部英文科に入学。学院で、日本育英会の奨学金に応募したら、特別奨学生二名の内の一人に推された。親友の土井ゆかりさん、瓜田国彦君、浜田君（一年上）に恵まれ、青春謳歌。立教大学に近い要町に一年居た。一年次夏休みに「キイーツ一瞥」を書く。その年の「明治学院論叢」に載り、注目される。
都留信夫助教授のゼミに、D・H・ローレンスを発表して好評を得た。同窓に、八木幹夫や下村胡人（仏文科）が居た。
新倉俊一助教授のゼミではE・ディキンソンの詩について講義を受けた。
在学中に「一つの序章」（習作）を書いていたら、〃対人恐怖症〃は何時の間にか治っていた。特にA・ランボーや中也の詩に魅かれる。下目黒に七年住む（通学期間の四年を含む)。

一九六八年(昭和四十三年)　二十一歳

卒業。就職せず。学友の仲本明彦や福田君の紹介で、日刊スポーツのアルバイト。文学を志す。夢ある仲間達との束の間の交流あり。この頃、ビール工場近くの恵比寿に一年居て、埼玉県吉川団地に五年。後、現在の坂戸市に移る。

一九七五年(昭和五十年)　二十八歳

住友不動産の子会社に入社。すぐ二週間の欧州旅行に赴き、職場内の顰蹙を買った。最低のrankにされるも、Topと直談判して、五年かけて元に戻させた。二十五年勤める。この間に中島ひろ子と結婚。秀行と仁美生まれる(サラリーマン生活修業時代へ)。

一九九二年(平成四年)　四十五歳

文学に再挑戦す。池袋の芳林堂書店で偶然見つけた村田正夫の〝潮流詩派の会〟に入会、そこで、気鋭の辻元よしふみ、高橋和彦、山本聖子、鈴木茂夫等、加えて麻生直子夫人を知る。年四回の詩誌やアンソロジーに詩を発表し出す。

更に、もっと日本語の表現を磨こうと短歌も始める。未来短歌会入会。岡井隆撰。田中槐等の「青の会」に誘われる。二年後、「塔」にも入会。河野裕子撰。花山多佳子撰。欠詠したら、裕子さんから直接電話が来て驚く。原浩輝君と友人になる。花山さんが有名歌人のpartyにみんなをよく誘ってくれた。また「未来」でも後日、佐伯裕子さんや大島史洋をはじめとして大辻隆弘や山田富士郎、中川佐和子、飯沼鮎子、さいかち真等ともあい知ることになる。

第一詩集『あんたれす』(潮流出版社)刊行。

一九九六年(平成八年)　四十九歳

第二詩集『賑やかな植木』刊行(潮流出版社)。日本現代詩人会会員。

一九九九年(平成十一年)　五十二歳

高田馬場で印刷・出版業を始めた仲本君の所から、私家版で詩集『こんどらいと』(一九九七年)、詩文集『能登の岬に』を刊行。また、同人誌「ゆりかもめ」を発行(辻元よしふみ、原浩輝、高橋和彦、酒向明美、山本聖子、小林久美子、山吹明日香、桐野かおる、ギタリストの高橋敏夫、他)。一九九七年から年一回で、16号まで出した。

この頃、半島からの new commers と出会う。〃日韓文化交流〃解禁へ。「冬のソナタ」(NHK)放映。その少し前から「八月のクリスマス」他の韓国映画や中国と台湾の映画がブームとなる。天安門事件迄は、自由な雰囲気があった。韓国一人旅行二回。十四年居た〃潮流詩派の会〃退会。また、勤め先も九三合資会社へ移籍。

二〇〇二〜二〇〇三年頃、『嘘つきアーニャの真っ赤な真実』を読み、自著本を送り、米原万里さんとの短い交信があった。

また、東大阪河内の妻の親戚筋の松本由子おば(博多っ娘)とも短い交流があった。

二〇〇五年(平成十七年)　五十八歳

初めて、商業出版を目ざして新風舎から『景福宮《キョンボックン》の空』を刊行。ブログで自らも宣伝。武田肇編集の、国内で質量共に当時比類ない詩歌同人誌の大冊「ガニメデ」(五十人くらいで、四百頁余)に誘わる。掲載頁が多く、勉強になった。

二〇〇七年(平成十九年)　六十歳

詩集『かもめ　チャイカ』(土曜美術社出版販売)刊行。

二〇〇九年(平成二十一年)　六十二歳

詩集『雲峴宮《ウンヒョングン》の日向に』(土曜美術社出版販売)を出版。

これらを自らの韓流《ハンリュウ》三部作品と言える。

ある party で時代小説家の早乙女貢氏と出会う。日本ペンクラブ会員。後日、日本文藝家協会会員。文藝春秋OBの岡崎正隆氏に誘われ、有名出版社の party に crush。銀座の Club も。早乙女貢氏に会うためこの頃 pen の会によく出席した。

二〇一〇年(平成二十二年)　六十三歳

名古屋市で、鈴木孝主宰の「宇宙詩人」の会に誘われる。紫圭子さん、藤本真理子さんや韓国の詩人達とも会う。この時日韓のアンソロジーが出版され、参加。別に、佐川亜紀編集の日韓アンソロジー『日韓環境詩選集　地球は美しい』(土曜美術社出版販売)にも参加した。同じ年に、東京で二十五年ぶりの〃国際ペン大会〃開催さる(勤めで出られず)。記念アンソロジー(対英訳詩部門)のみ参加とした。

二〇一一年（平成二十三年）　六十四歳

『未来六十年史』（未来短歌会）発行さる。写真（協力）提供す。

七月十三日（水）京橋での朗読会にて天沢退二郎を聴く。「七夕に届いた招待状」（『純子の靴』）で、後日（元母校の師としても）天沢退二郎との夕べを記した。その前にも三省堂八階で、聴いていた。

二〇一五年（平成二十七年）　六十八歳

詩集『純子の靴』（土曜美術社出版販売）を刊行、井坂洋子さんの〝解説〟をもらう。

二〇一六年（平成二十八年）　六十九歳

富士山麓の〝文学碑公苑〟に自著本の題銘《タイトル》と著者名を刻印（日本文藝家協会）。

二〇一七年（平成二十九年）（古稀）　七十歳

詩集『未来《みく》の居る光景』（土曜美術社出版販売）を刊行。

「ガニメデ」70号にて、武田肇氏寸評。また、「詩と思想」八月号で、苗村吉昭氏がとりあげる。二頁弱の書評あり。

二〇一八年（平成三十年）　七十一歳

武田肇編集の「ガニメデ」71号にて終刊。

「ドミタス」を新たに発行（同人となる）。

未来短歌会に再入会。

二〇一九年（平成三十一年・令和元年）　七十二歳

選詩集『山岸哲夫詩集』（新・日本現代詩文庫147　土曜美術社出版販売）刊行。

新・日本現代詩文庫　147　山岸哲夫《やまぎしてつお》詩集

発　行　二〇一九年十二月十五日　初版

著　者　山岸哲夫
装　丁　森本良成
発行者　高木祐子
発行所　土曜美術社出版販売
〒162-0813　東京都新宿区東五軒町三—一〇
電　話　〇三—五二二九—〇七三〇
FAX　〇三—五二二九—〇七三二
振　替　〇〇一六〇—九—七五六九〇九
印刷・製本　モリモト印刷

ISBN978-4-8120-2550-5　C0192
© *Yamagishi Tetsuo 2019, Printed in Japan*

新・日本現代詩文庫

土曜美術社出版販売

141 小林登茂子詩集　解説　高橋次夫・中村不二夫
142 万里小路譲詩集　解説　近江正人・青木由弥子
143 稲木信夫詩集　解説　広部英一・岡崎純
144 清水榮一詩集　解説　高橋次夫・北岡淳子
145 細野豊詩集　解説　北岡淳子・下川敬明・アンバル・パスト
146 川中子義勝詩集　解説　中村不二夫
147 山岸哲夫詩集　解説　井坂洋子・藤本真理子・苗村吉昭・武田肇

〈以下続刊〉

天野英詩集　解説　小川英晴
愛敬浩一詩集　解説　村嶋正浩・川島洋・谷内修三
山田清吉詩集　解説　〈未定〉

1 中原道夫詩集
2 坂本明子詩集
3 高橋英司詩集
4 前原正治詩集
5 三田洋詩集
6 本多寿詩集
7 小島禄琅詩集
8 新編菊田守詩集
9 出海溪也詩集
10 柴崎聰詩集
11 相馬大詩集
12 桜井哲夫詩集
13 新編島田陽子詩集
14 新編真壁仁詩集
15 南邦和詩集
16 星雅彦詩集
17 井之川巨詩集
18 新々木島始詩集
19 小川アンナ詩集
20 新編井口克己詩集
21 新編滝口雅子詩集
22 谷　敬詩集
23 福井久子詩集
24 森ちふく詩集
25 しま・ようこ詩集
26 腰原哲朗詩集
27 金光洋一郎詩集
28 松田幸雄詩集
29 谷口謙詩集
30 和田文雄詩集
31 新編高田敏子詩集
32 皆木信昭詩集
33 千葉龍詩集
34 新編佐久間隆史詩集
35 長津功三良詩集
36 鈴木亨詩集
37 埋田昇二詩集
38 川村慶子詩集
39 新編大井康暢詩集
40 米田栄作詩集
41 池田瑛子詩集
42 遠藤恒吉詩集
43 五喜田正巳詩集
44 森常治詩集
45 和田英子詩集
46 伊勢田史郎詩集
47 鈴木満詩集
48 曽根ヨシ詩集
49 成田敦詩集
50 ワシオ・トシヒコ詩集
51 高田太郎詩集
52 大塚欽一詩集
53 香川紘子詩集
54 井元霧彦詩集
55 高橋次夫詩集
56 上手宰詩集
57 網谷厚子詩集
58 門田照子詩集
59 水野ひかる詩集
60 丸本明子詩集
61 村永美和子詩集
62 藤坂信子詩集
63 門林岩雄詩集
64 新編原民喜詩集
65 新編濱口國雄詩集
66 日塔聰詩集
67 武田弘子詩集
68 大石規子詩集
69 吉川仁詩集
70 尾世川正明詩集
71 岡隆夫詩集
72 野仲美弥子詩集
73 葛西洌詩集
74 只松千恵子詩集
75 鈴木哲雄詩集
76 桜井さざえ詩集
77 森野満之詩集
78 坂本つや子詩集
79 川原よしひさ詩集
80 前田新詩集
81 石黒忠詩集
82 壺阪輝代詩集
83 若山紀子詩集
84 香山雅代詩集
85 古田豊治詩集
86 福原恒雄詩集
87 黛元男詩集
88 山下静男詩集
89 赤松徳治詩集
90 梶原禮之詩集
91 前川幸雄詩集
92 なべくらますみ詩集
93 津金充詩集
94 中村泰三詩集
95 和田攻詩集
96 藤井雅人詩集
97 馬場晴世詩集
98 鈴木孝詩集
99 久宗睦子詩集
100 水野るり子詩集
101 岡三沙子詩集
102 星野元一詩集
103 清水茂詩集
104 山本美代子詩集
105 武西良和詩集
106 竹川弘太郎詩集
107 酒井力詩集
108 一色真理詩集
109 郷原宏詩集
110 永井ますみ詩集
111 阿部堅磐詩集
112 新編石原武詩集
113 長島三芳詩集
114 柏木恵美子詩集
115 近江正人詩集
116 名古きよえ詩集
117 新編石川逸子詩集
118 佐藤真里子詩集
119 河井洋詩集
120 戸井みちお詩集
121 金堀則夫詩集
122 三好豊一郎詩集
123 古屋久昭詩集
124 佐藤正子詩集
125 川端進詩集
126 桜井滋人詩集
127 葵生川玲詩集
128 今泉協子詩集
129 柳内やすこ詩集
130 新編甲田四郎詩集
131 大貫喜也詩集
132 今井文世詩集
133 中山直子詩集
134 林嗣夫詩集
135 柳生じゅん子詩集
136 原圭治詩集
137 森田進詩集
138 水崎野里子詩集
139 比留間美代子詩集
140 内藤喜美子詩集

◆定価（本体1400円+税）